未完成的夏天

Summer

[法] 莫妮卡·萨波洛 (Monica Sabolo) ——

著

陈潇——

译

CIS
PUBLISHING & MEDIA
中南出版传媒

湖南文艺出版社
HUNAN LITERATURE AND ART PUBLISHING HOUSE

博集天卷
CS-BOOKY

诗人说，夜晚，

你常来找寻，顶着满天星光，你常来找寻

你采撷的花儿，

还说，看见洁白的奥菲丽娅，枕着纱裙，

像朵巨大的百合，在水面上漂浮。

《奥菲丽娅》，兰波[1]

---

1. 飞白、小跃译，《多情的散步——法国象征派诗选》，中国文联出版社，1992年。

在我的梦中，总是有一座湖。夏天已经来临。那个夏天在我的记忆中只留下几幅画面，就像是清晰光亮的照片。那个七月，我们的生活发生了翻天覆地的变化。天气很热，莱蒙湖底的鱼儿游到湖面吐气。人们聚集到湖岸边，湖面上黑压压的一片看起来就像是令人窒息的怪物，人们可以想象它的嘴巴里是粉嫩的肉。

跟陶博医生的会面持续了三个月加两个星期，以每周两次的节奏进行——看着他湿漉漉的额头，越来越靠后的发际线，他要多久以后就会变成秃子？三年？四年？——据他所说，我梦里出现的鱼也许是我自己的化身。快要窒息的感觉。

二十四年十三天，终于来了。

二十四年十三天，我什么都不记得，只有一些片段，还有爆炸之后发出的白色光线，然后什么都没有留下。

在我的梦里，湖面就像是镜子或者瓷砖一样发着光。水似乎既冰凉又温暖。

我想潜入水中，去看个究竟。但是鱼儿是黑色的。植物像触手一样摊开，柔软光滑的枝条，在水流里晃荡着。

有时候，莎莫[1] 就在那里，在湖面下方一动不动。她的眼睛瞪得大大的。她似乎是想说什么，或者是张口呼吸。她的头发在水流里摆动，看起来像活物。我伸出手，手指滑过湖面，但触碰到的不是她，是海藻。或者有时候是一个黑黑的、动作敏捷的动物，在水下的石子之间游走。

然而，我知道她生活在那里。

七月的那一天，姐姐让我陪她去湖边野餐。巨大的蕨类植物发着荧光，潮湿的石头滑溜溜的，她和她的女伴们——落下来如同瀑布的秀发，花俏的比基尼，涂了颜色的指甲，深浅不一的粉色、红色和珊瑚色——我并没有特别想念，几乎从来没有，这听起来很奇怪，也很无情。

然而，我爱她。班级照上的她就是所有人注意的焦点。她是如此美丽，一头金发，带着灿烂的笑容。她是那种被所有男孩爱慕的女生，而照片上的我总是处在游离的边缘，看起来就像是个精神病患者。

---

1. Summer 直译为夏天，此处采取音译的方法。

我的姐姐，莎莫，出生在夏初。

我的姐姐莎莫在夏天失踪了，在她刚满十九岁，过完生日三个星期后。

妈妈说姐姐刚出生时头发非常光亮。

妈妈不说英语，也不是浪漫主义者，居然给姐姐取了这么一个时髦的名字，就像是美国加州的流行明星的名字。这个名字让人想起一片花海，那里有光彩夺目的蝴蝶在飞舞；又像是一艘鲜红的护卫舰，沿着海岸线驶向海边的悬崖。

姐姐看起来就像是美剧里的女王。那些美丽的女孩有着有弹性的大腿、洁白的牙齿，仿佛不是真人。她们的眼睛里流露出难以捉摸的神色，让人想到了悲伤或者痛苦。这些女孩的梦想过于宏大，从中滋生了某种痛苦，比如男孩子心中的怨恨。她们悲惨的结局就是被装在棺材里，埋在森林深处。

也许是因为她不在了，我才会有这种戏剧性的想法。在我看来，生活不过是按部就班，跟随这股永恒的水流往前走。这些年来，她一直是我挚爱的姐姐，她用吸管喝冰巧克力，涂着蓝色的眼影。为此，我并不在乎班上男同学的讥讽。（"你开玩笑吧？她是你姐？""瓦斯纳，你姐姐，嘿，你想过那事吗？""你确定你不是收养的？"）

虽然我们的爱人已经逝去，但我们还可以继续活下去，我就是活生生的证据。我们很怕失去他们，因为他们让我们知道活着是什么感觉，至少让我们对这个世界不再陌生。但一旦失去了他们，我们就不会再去想他们。

我完全不知道她在哪儿，也不知道十四岁的我——那个瘦骨嶙峋且神经质的少年——去哪儿了。他们也许在一起，在某一个平行世界，我们可以通过一面镜子到达，或者是游泳池的水面。

晚上，莎莫在水下跟我说话。她的嘴一张一合，就像黑色的鱼儿一样。

"本杰明，来找我啊，求你了，我在这里。来找我啊，求你了，求你了。"

就像是水的呢喃细语。

"我在这里。"

陶博医生经常笑，也许笑得过头了，好像他什么都知道，知道她在哪里。他厚厚的嘴唇紧闭着，好像守住了我们之间的秘密——陶博医生说："这是可以理解的。"我从没弄懂这句话。

"这很特别。"陶博医生又说。

眨眼间失去姐姐这种事情很特别？她笑了，她跑了，消失在比她人还高的草丛中，然后结束了。她也许没死，我们并不清楚，没人提这个问题，没人能解开这个谜题。这一切或许只是一个梦。她消失在一棵树后，杳无音信，迄今为止二十四年十三天。她是在风中，在树上，在水中，还是在别处？

我在等药方（帕罗西汀一天 50 毫克，阿普唑仑一天 4 毫克），不知道这意味着什么。陶博医生的头发看起来湿漉漉的，就像是刚刚洗完澡。我发自本能地笑了，他也笑了，他对我们的谈话导向很满意，一切进展顺利。老天啊！

陶博医生喜欢我跟他讲述我的梦境。他舒舒服服地坐在扶手椅里，时不时发表意见。他就像是梦境之主，掌控着深夜。我在深水里潜行，露出湖面的水生森林看起来就像是乱糟糟的头发。

然而我知道陶博医生从没去过那里。没有人去过那里。我被黑水送过来，在这个异世界游荡。在这样一个空间，夏日的空气变得混浊，人飘浮起来，就像在水面漂荡的小船，就连我也不过是个游客。我醒过来，嘴巴里弥漫着金属的味道，莎莫的身影蒸发掉，整个世界也一同蒸发掉。世界分裂成上万个颗粒。漫无边际的天空布满了灰尘，盖住了时间。逝去的与即将到来的混成一团，被夜幕吞噬。

8

这一切是从四个月前开始的。四月初，空气通透。我的办公室位于日内瓦的 UBS 大厦九楼。喷泉就在触手可及的地方。在我看来，泉水的泡沫像慕斯、香槟。周末，人们重新喷漆，米色的厚地毯散发出保养剂的味道，半透明的蓝色让人想起春天的天空。窗户实在是太干净了，好像不存在似的——我需要有人向我说明一下。一尘不染的世界是不存在的，可有些神经紧张的人却要完全消除污渍，哪怕一个指印都无法承受，觉得它源自堕落和腐败，是个威胁，如同城市入口处阴暗的森林里游荡的野兽。

房间的油漆散发出一股化学试剂的味道，让人头晕目眩。半透明的天空就像是某位天神的心。办公室的隔板像是用易碎的材料制成的，碎纸屑？蜂蜜糨糊？还是小鸟的骨骼？地面变得不平稳，房间开始盘旋。一瞬间，我看见整个世界在湖里的倒影。

湖边的"美景房"里，母亲在楼梯前走着。新鲜的油漆气味直入肺部。六个卧室、两个相通的客厅、整个厨房和旋转楼梯里都弥漫着这个味道。看着母亲的微笑，我对自己说，一切都会过去的。父亲也在笑，他把袖子卷起来，向那些从摩托艇上下来的朋友招手——穿着泳衣的时髦女郎，还有像父亲一样健壮、容光焕发的男士们。其中有一个驾驶摩托艇的，衬衣敞开着，抽着一支雪茄。他们把船拴在花园对面的浮桥边，跳上陡峭的河岸。矮墙上方黑色的苔藓在指间变成碎屑。他们从音乐庭院的金属拱门走过，莎莫最喜欢在那里自弹自唱，他们手里拿着酒瓶和浴巾，光着脚，头发湿漉漉的。

父亲脸上带着胜利的微笑，母亲精致耀人，穿着几乎透明的裙子，莎莫穿着短裤和无袖短套衫，系着高高的马尾，辫子在肩胛骨之间晃来晃去，这三位如此光艳照人——我的天啊，我太爱他们了，心怦怦直跳——这就是我的家人……他们比草坪上的客人还要美。这些客人本身也很美，女孩子们长长的腿，十分性感，男人们酒杯在手，衬衣敞开。花园的大长桌上铺了一块麻布，湖边的白杨树下垂的枝条在水面上打着水漂。被风吹过来的小绒花落在桌布和客人的头发上。人们给沙滩上的鸭子喂面包，它们往前走着，发出嘎嘎叫的声音，穿着比基尼的女孩子们赤脚踩在鹅卵石上，也发出惊恐的尖叫声。一只湿漉漉的天鹅出现了，它从水面滑过，黑色的眼睛盯着莎莫。姐姐靠近了它，她身后跟着一群皮肤闪闪发光的年轻女子，她是水上居民的女王，天鹅是她的臣民，它服从她的命令，柔软的脖子跟随着她的胳膊

扭动，莎莫笑了。她的面容在发光，就像是有探照灯打在她的
脸上。

那个时候我七岁，被幸福围绕。草坪就像是浸过水的毯子，
双脚陷进去就拔不出来。这个草坪是我的敌人。我坚信它就是漂
浮在湖面上的草地大衣，迟早有一天它会从我脚底被抽走。母亲
本来笑脸迎宾，如果看见我的双腿沾满泥巴，她会生气的。她点
燃了一支烟，然后笑了，但我知道这种笑容就像是潮湿的空气，
深入心肺，却如同空气一样无法捕捉。

四月初，一切就此开始。陶博医生记笔记时问我，是否有
"一场事故"导致这一切的发生？我感觉他其实什么都没有记，或
者是用一种不存在的语言记录。某件事情导致"焦虑症发作"？是
短暂的呼吸、激动的情绪、眼角的阴影，还是无法摆脱的劳累和
想逃跑的欲望？我只能回答说："人们重新粉刷了我的办公室。"
我被自己答案里的嘲讽意味给打败了。

陶博医生看着我，若有所思。

他当然知道我是谁。我的姓氏：瓦斯纳。所有人都知道我们
家族的辉煌和不幸。我们被家族的传说包裹着，那是一张薄薄的
面纱，铺在我们的头顶上，如同浮光掠影的水月，但我们从来不
谈。我们装作没有留意到那些目光，好奇、怜悯、坚定的目光。
人们观察我们的言行举止，希冀可以在我们脸上或者生活方式上

找到一些痕迹。我们生活在一片烟雾中，也许我们本身就是烟雾。

"跟气味有关的回忆受到强烈刺激会涌现出来。在味道和记忆之间存在某种神秘的联系。"

陶博医生的语调很温柔，让人想起冒气的洗澡水。

但我什么都没说。

莎莫在我们之间是悬而未决的话题。阴暗的灯光、散落的头发、丝绸般的发质、无形的蜘蛛网把陶博医生和我牢牢框住，蛛丝每天在沉默里疯长，布满整个空间，就像是翻转的吊床。

我们之间的斗争是无声的，持续了好几个星期，但我越来越累。我得跟陶博医生承认，我不想去工作。虽然吃了帕罗西汀和阿普唑仑，早上起来还决心满满——呼吸、放松和自说自笑，但一踏上办公室门口的垫子我就发晕，心怦怦跳，就像有一只小鸟在我的胸腔里拍打翅膀。潮湿起雾的空间里四处都是油漆味，在白色的浑水里深潜，水面上漂浮着半透明的器官，跟花边一样小巧精致。

油漆味覆盖了整个建筑物。每天，它都会入侵新的领域。最近几天，我在大堂入口都可以闻到这个味道，就在玻璃门后面，浮游生物在空间里游荡，照亮了接待员的脸庞，UBS 三个金色的字母固定在墙壁上。

陶博医生从没有提到莎莫这个话题。他没说过她的名字，就跟二十四年以来我遇见过的所有人一样。大家一起出演一场大型话剧，这些人或多或少都有些表演的天赋。

一开始，城里到处贴着她的照片——彩色头像，卷起来的头发，彩色衬衣，阴暗的光轮围绕着她美丽的脸庞。我吃惊于她失踪后，大家都如此安静，一如往常。电话号码下方是大小不一的字母组成的一句话："你们见过这个年轻女孩吗？"如此简单，甚至像个天真的问题，似乎不想造成恐慌，不需要过多修饰，尽管人物的外表描绘让人想起度假的年轻女子。身高1米71，体重54公斤，鞋子38码。金色头发，皮肤白皙，脸上和胳膊上有雀斑。身着牛仔短裤和白色T恤，背着斜挎包，戴着一副耳机。脖子上有三颗美人痣，形成一个三角形。

警校的学生集体出动，展开了一场搜索，从我们家一直到她消失的森林。难道说这件事还没有严重到需要专业救援人员或者说成年人的地步吗？这些体力旺盛的男孩子也许会爱上她。他们试着大喊大叫吸引她的注意力，在公园发亮的草坪上挥舞着手臂，然而他们稚气未脱的脸上还有青春痘印和胡子的痕迹。他们聚集在我家门口的公园里，穿着蓝色制服，就像在参加化装舞会，一切看起来那么不真实。

一个小个子的棕色头发男人，穿着一件POLO衫，喘着气，上半身都浸湿了，他让一条狗闻了闻我姐姐穿过的彩色上衣，然后他们沿着湖边和路边分散开来。我感觉到恐慌和愤怒，我觉得他们偷走了我身上的某样东西。

他们在夜幕降临时回来了，脸上没有任何表情，眼窝深陷。

完全没有我姐姐的痕迹。丝毫没有。

他们开着车再次出发，一辆车坐四个人，我想象他们直接去老城区的酒吧，点了啤酒。他们紧闭着双眼，这一夜即将逝去。他们想象着无数个画面：灌木丛中一个蜷缩着的形状，挂在枝干上的头发，狗嘴里一件粉色的 T 恤。

好几天以来，也许是好几个星期，我们的周围都是一片躁动。电话响个不停，家族的朋友们前来拜访，给我们带来一篮子水果，亲手做的派，甚至是刚刚钓上来的梭鱼，微笑的鱼在冰箱里放了好几个星期。

我姐姐的女伴们全体出动，她们穿着彩色的裙子，聚集在花园里抽着烟，互相拥抱着，眼神里满是不安。突然，一个女孩浑身发抖，眼泪汪汪，其他人抱住她，轻言细语安慰她。她们弯下腰，头发像窗帘一样垂落在脸上，金色的、棕色的、褐色的头发，就像是一群雌鹿围绕在受伤的姐妹身边，让她消失在世界的视野里。

也有男生在场。他们穿着百慕大短裤。母亲给他们倒饮料，笑容很神秘，搞得他们很紧张。一天晚上，我注意到有两个男生坐在船上，他们的双脚在空中荡啊荡。我走过去，闻到一股甜甜的味道，燃烧的烟头在黑夜里发出微弱的红光。同时，母亲的身影在黑暗里靠近。我整个人缩成一团，仿佛一场灾难即将发生。

结果母亲是给他们递东西喝，一杯可乐或者一杯葡萄酒。她在他们身边待了一会儿，然后朝着家里走去。我完全不知道母亲在想什么。这一点让这个世界更加动荡，更加令人不安。

在心理治疗开始的几个星期，我回忆起以上这些画面。晚上，我陷入了深深的睡眠，做了无数个深沉的梦。白天，所有的回忆涌上心头，就像是一股湍急的水流把过往的记忆送回来，全速前进，又被活水冲洗得干干净净。

有一天，父亲不在家。他开走了一辆切诺基。莎莫讨厌这辆车，觉得它看起来特别像是暴发户开的车。从莱蒙湖出发，沿着山路盘旋，他希望能找到她。也许她正好躺在沙滩上，也许她错过了回城的巴士——那一天，当他离开家时，我听到了来自父母房间震耳欲聋的噪声。我立马跑过去，看见母亲坐在床边，身边是一堆衣服，就像是破碎的玻璃。她的皮肤很细腻，几乎透明。我这才明白原来是衣橱的玻璃碎了。母亲看着脚底，头发垂落在脸颊上，玻璃碎片反射出温柔的粉色光芒，照亮了整个房间。母亲在说着什么，颤抖的声音极其愤怒，仿佛我打扰了她的这个神秘仪式。

"放开我。"

大部分时间里都没什么新鲜事。我们毫无防备，不知道接下来做什么，所有的行动都有可能导致生活走向新的方向，而方向是一个很含糊的概念。在我看来，悬而未决的夏天就这样过去了。母亲戴着黑色的墨镜，准备水果拼盘。她可以整个下午都躺在卧室里，蜷成一团。白天不管任何时候，父亲会突然启动车子，轮胎在碎石路上碾过。我想他是在暗示对我和母亲的责备。我们不知道他要去哪儿，他什么都没说，不管是出发前还是回来之后。他看起来很疲惫，衬衣皱皱的，顶着两个黑眼圈。想到他也许不回来了，我们松了口气。我们可能会在路的尽头或者森林边缘找到他的车子，车门大开。另一种可能是他开着车全速前进，冲向地平线，沥青变得模糊，在夏日的光芒下蒸发掉。

其他的时间里，他疯狂地推剪毛机，完全停不下来，似乎被机器的轰鸣声催眠了。最糟糕的一幕是电话旁的他整个人瘫坐在沙发里，美丽的脸庞变软了，就像是正在溶化。这种时刻，过去那个无坚不摧、爱开玩笑的爸爸不见了。如今，他的眼神一会儿迷惑，一会儿邪恶，就像是个陌生人。

有一天，我们跟父亲的朋友们坐船出发，带着一箱冰冻的三明治。那一天，父亲开了一瓶红葡萄酒，讲了一些往事。他站在甲板上，衬衣的下摆在胸前晃荡。母亲在划水，激起白白的浪花。突然，一阵风让我转过头，阳光很刺眼。我看到莎莫优雅地从海浪里走来，她纤细优美的胳膊紧紧握着栏杆。

有时候，我看见她出现在湖面上，踩在鹅卵石上，身上还有亮亮的小水滴。她对我微笑，脸上微妙的表情温暖了我的心，让我感觉我是她生命的一部分、生活的一部分。她会点燃一支烟，用纸巾卷起来，坐在草坪上，靠在我身边。我会笑出声，想到我们的不安，回忆我们如何想象她不再回来。她也笑了，看着脚趾的指甲油，圆滚滚的肩头从毛巾里露出来。

在警校学生的大搜捕之后，真正的警察来到我们家。两个警探，短短的头发，从一辆白色车子下来，车身有一道蓝色的闪光，就像是电视剧里一样。他们黑色的鞋子在草坪上留下深深的印子，他们来搜索花园，一只手挡在额前。他们在找什么？一块在风中飞舞的布？姐姐的留言条会从信封里滑落出来，悬挂在枝干上？或者是她藏在灌木丛中？

他们用平静的口吻跟我父母讲话，以最温柔的方式提问，带着日内瓦的口音，看起来就像是在演戏。爸爸看起来很激动，但也是有分寸的，他偶尔触碰他们的肩膀，以这种方式来吸引他的听众。两个男人中的高个子眼神犀利，一边盘问一边记录，手里拿着小小的笔记本。我盯着他胳膊上茸茸的黑色体毛。他看起来很狡猾，同时也很热情。

他说出来的话在我们脑袋里回响了好几个星期，我们紧紧抓住那根看不见的救命稻草。他以极其温柔的语气说出了下面这番话，旨在表达异常的人类行为让他多么惊讶。

"你们要知道，每个夏天都是如此，有人会失踪。在这个时期，人们会做疯狂的事情。他们寻求自由，出去度假，想忘记一切。最后，只有老天爷知道他们脑子里在想什么。我们四处寻找，家人也没有任何消息。然后，开学的时候，大部分人会重新出现，他们就像花儿一样，回到自己家里。"

大部分。

都像花儿一样。

但不是所有人。

湖面下方，深水处，有一股不太急的漩涡。

莎莫就在那里。她穿着一件蓝色的睡衣。睡衣在她身边漂荡，就像是翅膀在飞，抑或是鳐鱼的胸鳍在摆动。在她头顶，很远很远的地方，船在湖面摇晃，发出微光。

莎莫的眼睛瞪得大大的。我在她的瞳孔里看到我的倒影，一个小小的人影，像另一个玩偶里的小娃娃，然而我不在那里，在别处。

巨大的鱼儿从黑暗里冒出来，粉色的，深蓝色的，银色的。有些鱼儿的嘴巴里有着长长的须，其他的鱼儿眼睛周围有一圈黑色。它们靠近了，跟随她的手臂在游动，优雅的身姿特别像在跳芭蕾舞。粉色的鱼儿互相接吻，它们的嘴巴就像是吸盘，完美地同步，让人想起恋爱的游行，或者是战斗。然后，它们分散开来，嘴巴贴在姐姐的皮肤上，布满了她的手臂和脸颊，鱼儿嘴角的须围住她。它们缠住她，跟她的头发交织在一起，水流里的头发越来越长、越来越多。

我想伸出手臂，但四肢无法动弹，或者说我不在那里，鱼儿在打转，它们在她身边织了一个密不透风的网。不久之后，她就会被完全裹住，她的头发继续在水里跳舞，但她的身体消失了。

我醒过来，就像之后的每一晚一样，床单把我裹得紧紧的，让我感觉快要窒息。卧室的墙忽远忽近，在我的眼皮下发光。

我不知道自己身在何处，但并不是很难受。我知道发生了一些事情，窗帘投射下来的影子一直跑到了天花板上，我莫名有点兴奋。每天晚上，有那么几个片刻，我问自己："我是在旅馆？医院？还是在一个女孩子家？"在这样的夜晚，我听到远处的回声，一个密码，一个信号，越来越清晰，是厨房里的水龙头滴水的声音。我一月初搬来帕琪路的单人间。厨房洗手池里的水滴声间隔尤其缓慢，就像是嘀嗒嘀嗒响的节拍器。生命就像是一条白色的长廊，一路向前但毫无进展，白色的灯照亮了自动扶梯。

我之前参观过这栋公寓，看起来挺干净的。我以为从那时开始，一切都会恢复平静，再不会有波折。刚开始那几个星期，的确如此。

然后，有一天晚上，发生了一件意外的事情，水龙头开始滴水。第二天早上在厨房，我感觉水都没过了我的脚。我顺着壁柜里的排水管往上寻找漏水的地方。我想象在冰冷的岩洞尽头，水从岩石里冒出来，穿透了地表，浸透了厨房里的亚麻油毡地板。

我跪在地上，穿着短裤和 T 恤，艰难前行。我在床上卷了一根烟，眼睛盯着壁柜，就像有某种冷血动物，比如棕色的电鳗现在正盘绕在那里。那时候才不过早上九点钟。

那件事过去几个月后，在操场后面，一个毕业班的女生朝我走过来。我的手里紧紧捏着一团废纸，准备点火烧掉。

"大家说你们活该。"

我很吃惊，不是因为这个有着蛇蝎般眼睛的女孩的残酷言论，而是人们在我们身边讨论这些事情，好像知道我们家发生了什么事情。我记得她的指甲油。她不是姐姐的女伴，不是其中一员。那些精致的女孩子，身体被牛仔裤紧紧裹住，她们漫不经心地把课本夹在腋下，看起来什么都不在乎。

我看着她，她的眼睛在发光。我非常清楚这里的"你们"是指什么。她在谈论我的家庭，瓦斯纳一家。我的父亲，托马斯·瓦斯纳，这个为政治家、寡头、逃税的人辩护的律师。还有我的母亲，比其他人的母亲更加光艳照人。还有我，显然我完全没有继承我们家族的任何优点。也许我隐瞒了某些罪行，比如人格上的缺陷。阿莱克希亚，姐姐的一个女伴，我听说她经常在深夜去探访寄宿学校的男孩子。她曾经在去年说过一件事，当时她从男厕所出来，她提着牛仔裤，一把推开我的胳膊，抱怨道："不要这样看我，小恶棍。"

这个毕业班的女生紧盯着我，脖子缩进滑雪衫里，手放进口袋里。

"没有什么事情是偶然发生的。"她低声说，语气像巫师一样。

我没有回答她，走远了，湿润的手心紧握着那团纸。从某种程度上来说，我们的确活该，虽然我没法说出我们家到底发生了什么事情。直到如今，这么多年过去了，报纸上有铺天盖地的新闻报道，还有心理学家专门指出"一个缺少参照物的年青一代"，还有犯罪学家穿着雨衣在湖边勘查——他们指向森林的方向。然而，我还是毫无头绪。

那一年，我在走廊里还有操场的围栏旁，频繁地遇见那个女孩。她点头或者招手向我致意，我觉得很不自在，她就像是一个古怪的朋友，我并不想认识她。她好比我姐姐的翻版，不过只是虚有其表，或者说是我姐姐的替身，没有光泽的头发，穿着过时的滑雪衫。如今，我才是她的替身，我应该挂着一副跟她一样奇怪和迷失的表情，看起来有罪的面孔，孤立无援，一脸溃败。

九月，莎莫并没有回来。湖面换了颜色，从蓝色变成深灰，接近金属色。天空看起来更低了。有人把她卧室的门关上了。但每周三，女佣会去她的卧室吸尘，轻轻地擦掉水晶和裙子上的灰尘。照片用图钉钉在墙上，照片上的她微笑着，跟她的女伴一起，穿着紧身裙，非常快活惬意，头发遮住了眼睛。一天早上，我偶然打开了门，赤脚走在米色的地毯上。我看着床上的碎花羽绒被——床垫正中央有个坑——被不真实的光线包围，这一切对我来说都难以置信。我取下墙上的一张照片，莎莫和吉尔两个人抱住对方，她们的脸正对镜头，眼睛半眯缝着。

我把这张照片放到作业本里。之后过了几个月，或者好几年？我在翻本子的时候，突然有股不祥的预感，那就是她已经不在那里了，溶解掉，或者飞走了，就跟其他东西一样。

我站起来，在卧室的阴暗处走来走去，避开还没拆封的纸箱，我甚至忘记里面装了什么东西。在我脚下，地板是干的，但在水槽里，水溅满了珐琅。

我使尽全力拧紧水龙头，笑了，这种冷笑似乎是我的专长。

我坐在瓷砖地板上，点燃了一根烟。几个星期以来，我总是抽姐姐抽过的意大利烟，我又看见她了，她坐在窗户边上，屁股旁边放了一个贝壳状的烟灰缸，睡衣下面露出了腿。我看着房间里散落的纸箱，寻思烟灰缸去哪儿了呢。也许被藏起来了，在她的睡衣下面，或者是化妆袋里。化妆袋是黄色的乙烯基材质，散发着烟草味，夹杂着薰衣草味，还有灰尘的味道，在黑暗里发着微光。在这个年轻女子完好无损的卧室里，我看到了这些在等待主人的物品，它们就像是位于地质层讲述历史的化石，但讲了什么故事呢？

　　从我记事开始，家里总是人来人往。任何机会都不会被放过，某人的生日晚会，父亲又赢了一场官司，或者是攀岩节，还有开春的酒会，人们会找各种借口来开香槟酒，组织野餐或者派对。我记得母亲的大波浪卷，就像好莱坞明星的头发一样。当客人们来的时候，她把自动卷发棒拿在手里，试着卷起一缕头发。

　　我的父母很擅长宴请宾客，他们的慷慨大方和好心情使得他们成为令人欣赏和爱慕的男女主人。晚会上有吐司，有金字塔形状的小三明治、五颜六色的鸡尾酒。晚餐时，女人们发出羡慕的尖叫声，母亲则露出谦虚的笑容。颇为讽刺的是，要知道她从没有给我们煮过饭，是寄宿女孩负责我们的饭菜。周日，她给我们准备"小晚餐"——蜂蜜面包片，莎莫和我非常喜欢吃。母亲说有一次，婚后一个星期，父亲请了六个人来吃晚餐。面对着眼前的烤鸡，有那么一瞬间，她想逃跑，"我想象自己回到巴黎的父母家中，摇着头，重复说，我做不到，我做不到"。我们笑了，但时至今日，我不知道这件事情是否好笑。

客人总是同样一批人。贝纳德·巴贝、帕特里克·法夫尔、西里尔·德·瓦特维尔、达里奥·阿格斯蒂尼，父亲的朋友们惊人地相似，好像是一起呼吸山里的新鲜空气长大的。冰箱上有一张他们的合影，大学时代的他们蹲在一个足球旁边，青春洋溢，我可以想象到女孩子们把他们的电话号码用笔记在手心的情景。

他们似乎相识已久，尽管事实并不是如此。他们讲着陈年往事。年轻的时候，他们是祖芬根[1]的活跃分子，隶属一个秘密的学生组织，女孩不准加入，看起来又神秘又危险。他们有时候会取外号（比如我父亲的外号就是祖芬根，贝纳德·巴贝是角斗士，西里尔·德·瓦特维尔是柏德弗）。记忆中，他们每人都戴着一顶帽子，别着一枚黄红条纹的勋章，在一个未知的地方做着不为人知的事情——借着校园的灯光度过黑夜？喝啤酒？我在爸爸的书房里找到了一张照片，它是从校历里滑落出来的——不是可以放在冰箱上的那种——一群年轻人戴着帽子，皮肤和眼睛发着光，其中就有我父亲、贝纳德和西里尔，他们坐在一张桌子旁，上面点着蜡烛，放着酒瓶，还有一个看起来像动物的头骨的东西。

偶尔，我会听到一些神秘的词语，这让人联想到那个神秘的世界。一天晚上，贝纳德走进客厅，大喊："安静！开会了！"他

---

1. 祖芬根（Zofingen）是位于瑞士北部的一座城市，属阿尔高州。祖芬根建于
1201 年。祖芬根的老城区及市政府被列为瑞士的国家遗产。

们都笑了，我仿佛看见了一个男性专属的领地，一个让大家团结一致的神秘的地方。贝纳德很强壮，有着黑色的头发、深蓝色的眼睛——我马上明白为什么他的外号是角斗士——父亲走过来，激动地回答："祖国、友情、文字！"他的一缕头发掉落在眼前，让人想起曾经慷慨热血的大学生，我觉得很自豪。他很有趣，充满魅力，眼神坚定。在那个年代，他就是我的英雄。

他也是女性心中的英雄。我看见他用夸张的手势在模仿什么，他的观众是一群充满朝气、衣着光鲜的年轻女性，她们一个个挤在沙发上，双腿交叉，目不转睛地盯着他，把手放在头发里，或者胸前，来掩饰自己的心情。

那样的夜晚，母亲也很高兴，她的声音不一样，像是换了一个人，变成了一个更加自信的女性。她微笑着，露出一口整齐光亮的白牙。她收藏了很多珠宝，还在香烟上留下口红的痕迹。

那天晚上，母亲是全场最瘦且穿得最好看的女性。

爸爸把手放在她的腰旁，她穿着紫红色有弹性的裙子，或者是金色的紧身裙——可以媲美巴黎女人的夸张的穿着——成为整晚观众注目的焦点。

晚会从未发生不合时宜的事情，每个人都是彬彬有礼，大家相谈甚欢。夫妻们看起来很恩爱，我不记得是否在现场见过痛苦或者分手的夫妻。那一晚，我看见玛丽娜·萨维欧，妈妈最好的朋友，坐在父亲的床上，脸上的妆容都哭花了，我突然一阵恐慌，没想到成年人也会哭。

这一幕让我印象深刻——扭曲的脸，有污点的衬衣——她发生了什么事？接下来的那个周末，玛丽娜·萨维欧穿着一条印度式的裙子，恢复了以往的笑容，她用古铜色的胳膊紧紧抱住了我，她看起来跟这个世界一样坚强。

有几次，一个穿着紫红色上衣的男子喝醉了。爸爸拿上汽车钥匙，拍着他的肩膀，给我们使了个眼色，然后开车送他回去。

每年的八月一日是瑞士国庆节，父母会在花园里组织一场盛大的晚会。我记得彩色灯笼挂在树枝上，在草坪上投射出彩色的光环。大家都盛装前来，天空中布满星星。客人们躺在草坪上，还有人会脱衣服跳下水。

有一年的主题是"黑与白"，妈妈穿着一件贴身的连衣裙，就像是第二层皮肤，裙子上面画着一具骷髅。远远看过去，让人以为是一具骷髅在抽烟。

那个夏天她整了鼻子，把瑞士国旗画在脸上，白色的绷带就是旗帜上的十字架。

母亲会做很多这样的事情。

现场有很多孩子，穿着野兽或者幽灵的衣服。溜进树林里，讲述鬼屋的故事，借助纸灯笼的微光，抱住其他人。八月一日，姐姐穿着甲壳虫的斗篷，第一次亲吻了一个男生。

我记得那个朝我弯下腰的女人，她穿着高跟鞋，有些站不稳："本杰明，你每一天都要感谢上苍。每个人都希望拥有像你这样的家庭。"

事实上，我的确想感谢上苍。我跪在床前，双手握紧，就像在电视剧里看见的那样，请求上帝保佑我们的家庭直到世界末日。有时候，父亲为罪犯或者政治家辩护而遭到恐吓，我们就要被人保护好几个月。一个冬天，警察在我家大门口守卫了好几个星期。晚上，我们听到他们在石板路上走过的声音，还有对讲机发出的刺啦声。姐姐和女伴们拿着一块热热的干酪蛋糕或者一杯热咖啡，扯着超短裙，发出兴奋的叫声，朝着房子跑过去。

同样，我也为母亲感到担忧。早上，我看见她在厨房，打开了一个小收音机，餐桌上的烟灰缸堆满了烟头，她透过窗户看着远方，向往着另一种生活，或者看不见的梦。

我心中有一份朦胧的恐慌，很遥远但可以被感知，我不是他们中的一分子。我跟他们不一样，不仅仅是因为他们都是金发，而我是深色头发，整天愁容满面，至少我自己是这样认为的。我在洗澡间的镜子里端详着自己——他们是在哪里找到我的？在森林？在沼泽地？——他们的言行举止，吸引了整个世界的目光，而我却暗淡无光，无法和他们比拟。母亲向我承认她怀疑过我可能是聋子。我三岁才开口说话。我曾经做过听力测试，在一个黑漆漆的房间里，我以为我永远走不出来，母亲在窗户的另一边对我浅浅一笑，笑容背叛了她焦虑的目光。

我总是感叹自己出生太晚。家庭的重要事件都发生在我出生之前。人们在餐桌上讲述陈年往事，比如我父母在一家巴黎餐厅相遇，还有母亲的婚纱是白色小圆点的绿色裙子，被我奶奶称作"坏女人的裙子"。莎莫在幼儿园时经常摔跤，她从滑梯或者是椅子高处跳下来，每次从幼儿园回来，她下巴上都是血，额头上顶个"鸽子蛋"。儿科医生称她为"自杀"小姐，要给她上柔道课，教她"如何摔跤"。这点在我看来匪夷所思，难以置信。

在我出生之前，事情不是这样的。我有这种感觉。我看着相册，在我出生之前，坐在威尼斯的贡多拉船上的父母看起来很年轻。母亲穿着滑雪服，坐在阳台上，留着长头发（那时候是长头发！）；父亲站在乒乓球台前，手里拿着球拍；母亲穿着一件我从没见过的游泳衣，手里牵着莎莫，躺在沙滩上；父亲和姐姐躺在橡胶艇上，姐姐戴着棉质的白色女士软边帽；姐姐出发去学校，穿着花衬衣，背着一个斜挎包；在公园里，父亲、母亲和姐姐躺在一块方格垫子上（我从没见过的垫子）。他们朝着镜头微笑，一脸幸福的表情。

陶博医生和我，我们看着那张皱巴巴的纸（怎么可能这样？
陶博医生递给我的时候是完好无损的），我们默默凝视我刚刚写下
的名字，我的名字和姐姐的名字，两个名字挨在一起，中间有一
丝空隙隔开，紧接着是我父母的名字，被铅笔在下面画出一道浅
浅的线。

那天早上，陶博医生穿着一件腈纶衬衣，现在没人再穿这种
材质的衬衣了，因为很吸汗。在姐姐失踪后几个星期内，我想象
她打开一栋建筑物的大门，那栋楼的墙壁像纸箱一样，有着大大
的落地式玻璃，前台的女士穿着这种材质的罩衫微笑着迎接姐姐，
仿佛准备好聆听一个让人撕心裂肺的故事，友好地点着头。

陶博医生戴上了眼镜，把脸凑近了那张纸，我看到他光亮的
头顶。随后他舒舒服服地坐在自己的躺椅上，看着我，把眼镜扶
到额前。

"好吧，给我谈谈他们吧。"

我深吸一口气，准备好潜入湖底。那里被沙子包裹着，有一

个贝壳、一个双耳尖底瓮和一只被下毒的动物。

"我姐姐失踪了。"

"失踪了?"陶博医生重复道。他蓝色的眼睛就像是两汪清澈的小水潭。

顿时,我才明白陶博医生从没听我谈论过莎莫或者是我的家人。我很吃惊。我明白年轻女孩可以蒸发掉,变成一阵风,或者变成鸟儿的歌声,甚至是在森林里消失。路过的行人不会留意,也不会为她们祈祷,她们的名字也许会唤起人们的回忆。夏日天空的钟声敲响了。我这么多年都没有想到过她,我甚至想不起上一次说出她的名字是什么时候,我开始哭起来,就像个小孩子。

在家里,我总是最后一个知情的人。我是最小的,总是不懂事,太小,太敏感(或者说有点缺陷?)。

我们家里发生了一些事情。或者说更早的时候,外面发生了一些事情。

住在"美景房"时,父亲的出行是很有规律的。我很多次听到母亲在电话里——惺惺作态,假意温柔——询问父亲何时回家。她的声音就像是一阵风,扫过空荡荡的房间,藏在门缝里。母亲很安静,父亲在电话另一头解释着复杂的事情,母亲翻着手提包拿出一支烟,以此来保持平和。父亲不在的时候,母亲、莎莫和我等着他。小时候,只有客人在场的时候,父亲才在家。母亲很不耐烦，看起来有点紧张，有时候她会情绪爆发，仿佛我们的存在让她窒息。不管父亲身处何方，都有一股电流将她跟父亲联系起来，特别是晚上，当他过着另一种生活时。

有时候，父亲会出现在我的房间里，就像是电影里的主人公，坐在我床边，捏着我的肩膀，用他的大手抚摸我的头发。突然，整个世界重新运转起来，他的出现让我安心，就算他总是迟到，就算他把我看成"小崽子"，因为我很瘦弱，而且笨拙，或者说我对什么都感到很焦虑。在那个年代，父亲非常强壮，他既是知识分子，也有着运动员的气魄。他走进房间时，人们会微微发抖。我看见女性脸庞发红，男性寻求他的认同，我不知道是他的力量还是他的口才让他的行为无可挑剔，这一切在我看来太自然了，这就是我的真实感受。我总是急于寻求他的欢心和赞同。我和姐姐几乎从不进他的书房。那里有一张父亲穿着律师袍的照片，还有一份《日内瓦论坛报》，上面的大标题写着"雄辩大师"。书房里堆满了书，黑色的收纳盒上面贴着有些神秘的标签，书架摆放着骇人的物件，例如一件非洲的雕塑或者是一把摩洛哥的刀具。

有时候，父亲和母亲把自己锁在这个书房里。我把脸颊贴在门上偷听。莎莫远远地看着我，她在那里一动不动，眼睛里是不安的神情——她还是那个谨慎的小女孩，循规蹈矩——我听见他们的声音，父亲的声音很低沉，语速很快，母亲几乎不开口，我有时候在想她是否真的跟他在一起，或者是她在做一些难以描绘的事情。在门背后，父母让我想起我们不知情的事情，我听见我的名字，习惯性地耸起左边的肩膀，或者是眉头。

这一次，我再次靠在这扇门上，那里锁着我们家族的痛苦和秘密，甚至是整个人性——涂着红唇的母亲的失望之情，生活在别处的父亲的影子，年轻女孩子们的秘密就藏在她们化了妆的眼皮下，或者是揣在怀中的笔记本里。我跟陶博医生一起——在我的想象中，他在浴室里以优雅的姿势，涂抹散发出药香的洗发水——我们靠在门口，倾听来自远方的低语，以及抱怨的笑声。

有一天，我看见陶博医生从超市走出来，站在诊所外的街道上。他拿着塑料包，眼神空洞，脸颊红润。他穿着很正式的西装外套，胳膊看起来很短，米色的长裤上系了皮带，就像是一个刚刚经历了性别灾难的中年男子，面带窘色。他让我想起另一个人。有一天在老城区，莎莫和吉尔沿着人行道走着，抽着烟。远远地，我看见那个人的玻璃窗摇下来，吉尔弯下腰，黑色的头发挡住了脸。随后车子加速离开了，女孩子们发出咯咯的笑声，一只手放在嘴巴上。

"他以为我们是妓女！你明白吗？"姐姐对我说，我记得她声音里透露出的激动之情，还有吉尔刺耳的笑声，她两眼发着光。

在街上，我看着陶博医生，笑了，笑到打嗝。我们在期待什么？他和我，在这个令人窒息的工作室里，皮沙发磨着我们的屁股，我们可以捕获女性的哪些秘密？我们在遥远的河岸发出了信号，企图进入一个我们永远无法触及的神秘空间。

陶博医生小心翼翼地递给我一个纸巾盒，这个动作重复过许多次。他的眼神看着远方，他可能是在心存焦虑地幻想另一个世界，在那里女人们变成了灰尘，散落在空中，或者他想到了自己的家人，他的妻子，她坚持待在那个世界，他早上起床寻找灰色的睡袍，结果发现她消失不见了。

他红润的脸颊，让我想起风干的火腿。我擦干了眼泪，笑了起来，我变成了一个自相矛盾的家伙。

莎莫坐在萨维欧家的厨房里，她穿着一件黄色领子的衣服，在喝阿华田。莎莫这时十一二岁。玛丽娜·萨维欧穿着高跟鞋，羊毛裙裹住了她的身体，有点太紧——我没法直视，下腹收紧，就像是有一颗心脏在那里跳动——她踮起脚，在比我们还高的橱柜里拿了一盒蛋糕。

"我很想住在这里。"莎莫说。

我抬起头，看着她，非常吃惊，又很愤怒。我看见玛丽娜·萨维欧在微笑，这代表怜悯，还是尴尬？

莎莫失踪的那个夏天，我曾经非常希望她就藏在玛丽娜·萨维欧家里。我想象她在水池里滑行，水里布满了树叶和昆虫，昆虫的四肢还在挣扎。花园中间有一摊水——他们家的房子如此破败，不知道是因为后嬉皮士的风格，还是因为时光的洗刷和物件的老化——房子周围是乱糟糟阴森森的小树林。莎莫最喜欢游泳池，她穿上玛丽娜·萨维欧借给她的泳衣，但衣服太大，而且领口很低。我则喜欢在他们的花园里玩，或者是在阁楼看漫画，那里散发出苔藓和灰尘的气味。

有时候，玛丽娜·萨维欧的大儿子弗兰克来找我姐姐玩。她是在遇见克里斯蒂安之前生下的弗兰克，至于弗兰克的生父，至今仍是个谜。我看见他们玩倒立和潜水的游戏。他们在水面上消失，屏住呼吸，一动不动，就像是死了一样；或者是坐在水塘边，脚泡在水里，她转过身看着他。弗兰克很帅，戴着墨镜，显得很神秘。他们在那里坐了好久。弗兰克只比她大三岁，但看起来很成熟。他轻轻地把一块毛巾放在她的肩膀上，她把它当成披风披在身上。他教她玩飞盘，结果她总是打到枝干上。他们面对面交谈，脚趾踢着地面，直到草坪上的影子开始移动。

也许她是跟弗兰克在一起生活？

有一天，她穿着比基尼，赤脚走在草地上，母亲嘲讽似的说道："你上面穿的是什么？又没有需要遮住的。"莎莫一下子双手抱臂，像是很冷一样。我记得她的眼神。一个十来岁女孩的躯体里寄居着一个成年女性的灵魂。

　　此时，我跟陶博医生在一起。他的工作室里有几株快要死掉的绿色植物，还有 20 世纪 80 年代的复制艺术品，看起来比我们还老，但我们并没有放弃。我们看着草坪的方向，那里上演着生死对抗。我们就像是一对丧气的生还者，但我们不放弃，我们还在找莎莫。我的手指在抖动，陶博医生的手指光滑肥胖，好似开胃菜里的香肠，但人们给他织了一件半透明的袍子，就像是风一样柔软的桌布。等待回忆尘埃落定。

他们询问我那天是否注意到任何奇怪的地方。比如莎莫看起来是不是很紧张，忧心忡忡；她是否跟陌生人讲过话；她是否说过什么话，我事后才意识到他们话中有话（上帝才知道他们想表达什么）。

我是否记得一些事情。

任何事情都可以。

她们四个背靠栅栏等着我。

她们双手抱在胸前，面无表情，看起来就像是准备开战的帮派成员。

阿莱克希亚在嚼口香糖——粉色，有嚼劲——从舌尖滚到嘴边。可可穿着一件带花纹图案的迷你裙。吉尔纤弱的身体裹在一条长长的米色吊带裙里，棉裙有点起皱，她看起来像是性感的海报女郎。她的小腿上有一丝血迹，肯定是在洗澡间剃腿毛的时候刮伤了，我必须克制住自己，不要老盯着那块皮肤看。

莎莫翻了个白眼，看到我之后，叹了口气：

"好了吗？可以走了吗？你化完妆了吗？"

她们呵呵笑，拿起脚边的食品袋，里面塞满了薯片、可乐和纸巾，还有我认不出来的包装盒（卫生棉条？）。

这就是我记得的东西。

我能对我父母和警察说什么呢？他们在那里，一副乞求的目光。母亲是溺水者的眼神，父亲和警察是不信任和怀疑的眼神，他们低声拷问着我的灵魂，试图找出一丝线索。

我觉得他们在监视我。我不信任他们。（审问过我的心理学家在我的卷宗里写道："习惯掩藏。"）

他们想知道什么？我在深夜里跑到一个废弃的房子里给她送去食物和被子？

还是我们在房子四周的矮墙边用密码沟通？

姐姐和她的女伴们（从幼儿园开始，吉尔和莎莫就是最好的朋友，阿莱克希亚和可可后来才走进我们的生活，那时候处于青春期的莎莫变成了"行为举止有风险"的少女），她们都令人着迷且无法捉摸。她们会毫无缘由地笑起来，说着耳语，在手心里藏着东西，然后把自己锁在浴室里。

她们允许我作为同伴跟她们一起玩耍，但她们经常忘记我的存在，然而我什么都不知道。虽然我集中注意力，偷听她们的八卦，但我永远没办法理解她们到底在说啥。她们经常谈论男孩子，但她们口中的男孩子往往是令人失望的、愚蠢的，她们撇着嘴，发出悔悟的叹息。

当我走进莎莫的房间时，她们还在那里，双腿交叉，躺在地毯上。我闻到幽禁的味道，水果的香气，还有她们内心深处的秘密的味道。但我什么都不知道，而且就算我真明白是怎么回事，我也不会说出口。

一天晚上（我父母去哪儿了呢？在那个年代，他们似乎消失了），我和四个女孩在一起。我们喝酒，抽卷烟。后来大家争论谁卷得最好——我学会了像格里高利·拉扎尔那样卷烟，他是个长发帅哥——可可（又或者是阿莱克希亚？）突然提议让我来给她们打分。

莎莫翻了个白眼，但不知道为什么，其他人觉得这个主意很棒。姐姐离开房间说："我要吐了。"其他三个都坐在沙发上，我陷在最里面，沙发就像是个充气泳池。每个人轮流来，她们坐在我身旁，重新整理了头发和衣服，就像是比赛前那样，深呼一口气。

接下来是个大工程，我一一点评她们的共同点和特质。

当然，我们还一起喝过烈酒，比如：金汤力、威士忌。我们也抽过烟，莎莫抽得比其他人少——她声称那个东西会让她疑神疑鬼。有一天，我发现她穿着内衣躺在卧室里，在读一篇文章，题目是："抽烟对大脑有什么影响？"

她抬起头，重新整理了一下内衣的肩带。

"据说抽烟会让智商减少十来分。"

的确如此。

人们也会讨论吉尔和莎莫，但很少当着我的面谈，我有时候会听到她们的名字，在食堂里或者走廊里窸窸窣窣的笑声中听到，等我突然靠近时，他们就不说了，我也没放在心上。

在那个时候有很多谣言。我们的存在取决于他人的对话和想象。

她们身上没什么八卦新闻。我才是话题中心。这是我熟悉的感觉——永恒的焦虑，接近于恐慌。警探盯着我，从不眨眼，仿佛可以看穿我的内心。父亲变成了一个焦躁不安的陌生人。一天晚上，他跑进我的卧室，捏住我的肩膀，一开始还是很温柔，后来他开始摇晃我的身体，带着绝望的愤怒，不停重复问道："她在哪儿？她在哪儿？"母亲突然出现在门口，尖叫着让他住手，那是我们从没听过的刺耳的声音。

他们怎么可以这样看待我？一个什么都不知道的青少年——有着佝偻病人的胸膛，纤细的长腿，光滑的深色头发——神秘且羞耻的病痛占据了他的身体。还有无法控制的抽搐——跟往常一样，左肩跳动，眉头高耸。更糟糕的是，我下巴脱臼了，就像是有什么东西弄得人很痒。他们能明白吗？这是一场耗费精力的战斗，需要注意力高度集中。他们能理解这种感觉吗？隐藏的自我，内心深处某种黏糊糊、嘈杂的东西不应该突然出现在大白天，但不知道为何，它偏偏在等待这一刻、这一天。

他们能理解吗？它的出场，就像是一个影子，一只黑色的鸟，拍打着巨大的翅膀，有时候在天空中只看得见一个黑点，它从你头顶掠过，安静地拍打着翅膀。

那一天，我们玩捉迷藏游戏。可可靠在一根树桩上，用手遮住了眼睛，开始大声数数。后来，父亲希望我告诉他"地点"在哪里，脸上的表情是痛苦加愤怒，我找到了树桩，但没有人，就像是一只动物在睡梦中挪了位置，醒来时风景都变了。

女孩子们分散开来，找地方藏身。她们大步跑开（已经忘记了优雅的姿势），我也跑远了。莎莫和我同时转过身，她向我招手致意，又或许是想赶走身边的小蚊子，然后躲进了跟她一样高的草丛里。

我在森林里走着，想找个安静的角落抽烟。烟是我自己用手卷的，放在短裤的口袋里。每一次跟女孩子们碰头，并排走在她们身边，我就觉得自己是个笨蛋、怪物；每一次做她们的随从，我脑袋里总有个声音，以嘲讽的口吻交替说道："笨蛋，闭嘴。"或者是："说点啥啊，蠢货。"

女孩子们把一块苏格兰花布铺在树荫下。后来，我怎么都找不到这个露营地，只能不断地朝着一个方向前进，然后折回来，我的焦虑症快要发作了。一旁的父亲很难保持镇定，他把手紧张地放在脸颊上。她们优雅地躺着，或者是盘腿坐着，打开可乐罐或者啤酒罐，吃着薯条，听着阿莱克希亚的磁带收录机播放的音乐。

她们谈到了大学的专业方向（莎莫是政治学，可可是文科，吉尔是药学，阿莱克希亚要去巴黎跟格里高利会合）。她们几个星期之前都通过了高考，听到她们如此平静地谈论大学生活，我很吃惊。她们好像不怎么放在心上，连莎莫和吉尔也是。在我的记忆中，她们盘腿坐在地上，眉头紧锁，被书海包围。

莎莫消失在森林中，变成了看不见的云。我在阴暗的角落找了又找，忧心忡忡。

我留在那里，抱住膝盖，坐在针尖铺成的地板上。过去了多久？两分钟？还是两个小时？我没有留意女孩子们的视线，她们的眼神像是激光。

最终，我还是回来了，整个人昏昏沉沉的。这段路对我来说太长了，仿佛在我休息的时候又变长了，回程跟来时相比，似乎没那么可怕。

后来，我看见她们三个人，朝着同一个方向，似乎在寻找指路的灯塔。

"我们失去了莎莫。"可可说，她声音很紧张，"我们到处都找过了，但找不到她。"

阿莱克希亚把手放在脸颊旁，用嘶哑的声音喊道："莎莫。"吉尔一副无精打采的样子，她双手抱在胸前，好像在颤抖。

然后，她们朝各个方向跑开，消失在树的后面，又再次出现，她们尖锐的声音随着风声飘过来，嗓音越来越绝望，不停呼喊着我的姐姐。我在那里，与这一幕无关，与生命无关，内心深处坚信，这一切的发生我等待已久。生命的大厦面临分崩离析。

"本杰明，集中注意力，控制住脸部肌肉还有肩膀，你可以做到的。"（父亲的声音很严肃，但轻微的抖动暴露了他的不安。）

（他也试图把压力隐藏在微笑下）"我是为了你才这样说的，本杰明，如果你做鬼脸，其他孩子会害怕，或者觉得你很奇怪，最后他们会躲开你。你想交朋友，不是吗？"

"努把力，有志者事竟成。"这句话的分量很重。

当然，当父亲对着我提起我的抽动症时（妈妈从来不提我的怪癖，而父亲喜欢在吃饭的时候提及这事。天啊！每次我们四个人坐在一起吃饭时，他总是会暴走，用力地把餐具放在桌子上，然后大喊："拜托了，本杰明，别这样。"母亲站起来，把盘子拿回厨房里，像行尸走肉一般，动作僵硬，神情恍惚），结果是灾难性的。我用尽全力，集中注意力，忘记了呼吸，肌肉保持紧张，坚持了一会儿，可最后，我的眉毛和肩膀还是抬起来了。

还有所谓"男人专属的远行"。一想到这个，我的颈背就疼，仿佛有一只看不见的手给我施加巨大的压力。

我们驱车前往湖边的网球俱乐部。上车后，我觉得所有人都盯着我们。遇到红灯停下来时，我看到其他车子的乘客都探出头看着我们，眼神里满是不安。

我曾经是一个阴郁狡猾的男孩子，其他人在班会上评价我是"贪睡的家伙"。父亲非常执着，让我多参加运动，以改变我这一形象。如果我不是这样的人，他的举动也许会让我很感动。

朋友们在露天球场等我们。蓝天下，他们的影子被切割成奇怪的形状，他们手里拿着球拍，兴致勃勃（他们互相拍对方的肩膀，表示祝贺。荷尔蒙弥漫在整个球场）。在如此活泼的光线下，灵魂无处可逃。爸爸说道："来吧，小家伙。"但我动作很笨拙，差点摔倒，其他人哈哈大笑。

每次比赛间隙，我都试图躲进更衣室，找回内心的平静。我站在黑暗的小便池边，看着水龙头的水流出来，或者长时间盯着洗手池的瓷砖看，那里有一只湿湿的袜子，或者是一瓶除臭剂。我眯起眼睛直到这一切变得模糊，彩色光斑在我面前移动。

我有时候要跟让－菲利普·法夫尔比赛，他是帕特里克·法夫尔的儿子，他跟他父亲一样，有着开朗的笑容和运动员般强健的体魄。"一个模子刻出来的"，父亲说。我感觉到他声音里有一丝苦涩，就像是他在对造物者说话似的。

我害怕让－菲利普。他站在那里，笔直笔直的，跟他相比，我就是一个怪胎。他就在那里，他的躯体不是没有轮廓的气体，他的躯体属于这个世界。

有一天，我们在更衣室里换衣服，他注意到我胯部的淤青，就在短裤的橡皮筋下面。我向他承认我用自来水笔给自己画了个文身，把墨水刻在皮肤下。

"太酷了。"他很震惊，轻跳着，套上了牛仔裤。

那一天，让－菲利普上车时给我使了一个眼色，传递出某种信念，爸爸把他有力的大手放在我的脖子上。

"我为你感到骄傲。你知道的。"

如今，我三十八岁了，文身还在那里，左侧的胯部，蓝色的印迹。这些年来，只有让－菲利普·法夫尔知道自来水笔的故事，这真是一出忧伤的喜剧。要知道从他发现我背叛的本性之后，我们并没有真正谈过话。在家里的野餐会上，他的眼神略过我，我看见他跟其他男孩子在沙滩上冷笑，喝着潘趣酒。他是唯一一个知道我能力的人（感谢上帝，他从没见到我身上的伤痕，那是我穿着内裤坐在马桶上，自己拿剪得细长的柳枝造成的）。好多年之后，我出奇地受女孩子欢迎，这仿佛是一种病态的吸引力。上帝知道她们想找什么？深入一个不幸者的内心世界？触摸一个病态名人的手指？

其实他们什么也不知道。这些年来，围观我们的人，被痛苦所迷惑。如果他们知道这一切，他们会大叫："天啊，怎么会有这样的父母，让七岁的孩子自残？这个家里一定有什么事情不对劲，不然怎么会发生这种事情？"这是因为没有一个人试图跟爱莎莫一样爱我，甚至连想让我成为网球冠军的亲生父母都不例外（他们做不到像爱莎莫那样爱我，并且拒绝承认这个事实）。大家都喜爱莎莫，她才是班上第一名（我被诊断患有诵读困难症，甚至分不清"t"和"d"的发音），没有人质疑我真正的属性，我倾向于隐藏的本质——病态的灵魂，对于痛苦的着迷。

文身这件事引发了非常严重的炎症。好几天，我以为自己快死了，就像是西部电影里的主人公，被印第安人的箭射中了，一只手放在染血的衬衣上，躲在一个大峡谷里。晚上，在黑暗中，我掀掉了床单，没法忍受皮肤跟床单的接触，浑身发热，四肢紧绷。母亲让我洗完澡后，我发明了一种精妙的穿衣技巧。我想象母亲看到我死在床上时吃惊的表情，她用化纤布料盖住棺材，弯下腰最后一次亲吻我，深陷愧疚和痛苦中。

这些就是我能想到的事情。

就这样过去了很长时间，直到闻到办公室的油漆味这一刻，我才明白再也不可能回到过去。这三年来，我每天早上都在奇怪的恐慌中度过。我花了这么长时间才明白问题不在我的身边，不是湖里的恶臭，也不是湖面下缓慢移动的影子，而是在我的内心深处。

我记得那个夏天，那时候我十岁。我们坐父亲朋友的船出发，一直划到湖中央，离湖岸很远。

湖水发出金属质的蓝光，太不真实，有点像海水。波浪的声音，阳光的味道，风吹拂着我们的头发，这一切都像是度假。在船上，大家都把衣服脱了，我感到有些恐慌。我穿着T恤，躲在白色长椅后面，一动不动。爸爸看着我。

"你在等什么，本杰明？"

我耸了耸肩膀。

我拒绝游泳。湖面下生活着可怕的生物。它们默默地在水里游着，皮肤很光滑，就像蝙蝠的翅膀。当我们游泳的时候，它们在观察我们，眼神跟随我们的动作游走。我知道有个穴居者居住的村子，房子是用悬崖的黏土制成的，那里居住着盲人，或者是没有面孔的人。玛丽娜·萨维欧的儿子弗兰克告诉我，每年有将近一百位游泳者消失在湖里（"比整个地中海的失踪人口还多！"）。湖水是黑漆漆的，异常冰冷，我知道是湖里的怪物把他们拉到了水底黑漆漆的岩洞里。

我还知道日内瓦这座城市是重建的，在某些地方，湖水有300多米深，每栋建筑都是一模一样地矗立着，但表面覆盖着海藻和贝壳，窗户上还挂着钟乳石。

水面下有另一个世界，是我们这个世界的负片。

更令人害怕的是我们人类的无拘无束和傲慢，以为这个宇宙是属于我们的。我们忘记了我们在一个巨大的水塘里游泳。洗衣机，自行车——漂浮在一块大板子上，任何水流都不能把它们冲走，或者将其分解。我们一直跟它们在一块儿，它们会变成泥巴里的化石，随着时间的流逝，一直在那里。

我看着父亲和其他人从船上的甲板跳到了水里。我听见他们的欢呼声，但我还是一动不动。

父亲不耐烦，我看出来了。他虽然在笑，但下巴紧绷着。突然，他扑向我，抓住了我的 T 恤，虽然我极力反抗，但奈何他比我强壮。他把我扔到水里，我听见母亲和莎莫的笑声。水很冰，我的鼻子和嘴巴都进水了，我竭尽全力想浮出水面，有那么一瞬间，我觉得自己溺水了，死去是如此容易。我一边想，一边吞下了几口水。

我渴望到达水面，我是唯一一个在水里挣扎的人。

在岸边，一堆影子围着我，因为背光，我看不清他们的脸，他们跟我说话，但我听不见。我试着不看湖底，但我感觉到有一个影子在下方看着我，我急匆匆上了船。

这一切都不会阻止我爱他们。晚上，当爸爸把我扔进浴缸时，我还是跟他们一起哈哈大笑，尽管我内心很恐慌。

我多么希望跟他们永远在一起。

　　我送给母亲一些小杯子，她喜欢收藏这些东西。杯子是我在古董店淘的，尽管满脑子犹豫和恐慌，但在回程的路上，我欢欣雀跃，感觉一切都会好起来。

　　然而，母亲看起来并不幸福。开始那几年，看着我为她精心挑选的杯子，上面刻着花、树叶、死去的年轻女子的首字母大写，她会笑一笑，但不是咧开嘴大笑。她把杯子放在玻璃柜里，用一种非常机械的动作，仿佛她把梦想也掩埋在那里。一天晚上，她没有笑，拿着一杯香槟酒，对靠在家具旁的女伴说："真是不错的收藏品，不是吗？只需要数一数就能知道我的年纪。"

　　然后，杯子就消失了，取而代之的是《百科全书》——父亲的收藏品，蓝色封皮。为了让玻璃柜看起来有模有样，他还在里面塞满了样书。

　　我的母亲很难被取悦，我并不清楚我是否做错了什么。

　　就像是用白色床单做成的降落伞，在空中膨胀，鼓成一个大包，最后在重新起飞之前，重重地落在我们的肩膀和头上。

　　她曾经抱有希望。姐姐给她带来了梦想中不可触摸的部分。莎莫小时候就是母亲的翻版，金发，白皙的皮肤。她们曾经为某一本育儿书拍摄目录插图，母亲一脸骄傲地推着一个摇篮，姐姐躺在里面，人们吃惊于她们拥有同样的笑容。我喜欢翻阅那本书的目录，想象过着简单生活的母亲。然而这些内容并不真实。当看到她披着毛皮大衣，化着烟熏妆，穿着高跟鞋，小心翼翼走下楼梯时，人们会觉得这一切难以置信。

"她们就像是两姐妹。"爸爸的朋友们这样说。她们俩穿着休闲装在碎石路上走着，妈妈看起来很粉嫩，她把马尾辫的一缕头发重新整了一下。

的确，妈妈看起来很像是青少年，纤细的身形，抽烟的模样，身上带着一种反叛的精神。刚刚在药店有个男人说我是很没教养的孩子，她站在那个男人身边，大声说道："你知道我们怎么称呼没礼貌的先生吗？大蠢货，亲爱的。"（她吐词非常清晰，为了大家都能听清楚。）

然而，事情发生了转变，母亲不再像以前那样看待莎莫了，她不再带莎莫去商店，也不再拿用洋甘菊油泡过的棉花给她滋润头发。

姐姐开始为所欲为，跟年长的男生出去玩，比如开靓车来接她的阿勒马斯，这人梳了个大背头，抹了厚厚的发油。她开始离经叛道，半夜跑到教室，跟阿莱克希亚还有可可一起借着打火机的微光，喝鸡尾酒（只有吉尔没有参与这场愚蠢的行动，她不愿在晚上回到大白天想逃离的地方）。

莎莫长大了，有些事情发生了变化。她一下子变胖，然后开始减肥，然后又变胖。她必须买内衣了。

也许就是在那个年代（说到底，我什么都不知道），也许从那一刻开始，母亲不太想跟莎莫"看起来像姐妹花"。

某年夏天，母亲穿着印有热带花纹的比基尼，把一朵木槿花插在耳边（她在哪里找到的？），姐姐的男性友人都围在她身边，听她说话，两眼发光。姐姐站在一旁，一脸阴郁，踢着脚边的草丛。她穿着跳舞的短上衣，酒红色的氨纶面料，她没有别的泳衣。

我走进浴室，莎莫（十一岁还是十二岁？）手里拿着一个带血的东西，她提着那个东西，惊恐地看着我，大吼一声让我出去。我不知道哪个更可怕，是她的眼神，还是在她手里挣扎的那个东西。她的肚子太圆了，都看得见内裤的痕迹。（在那个时候，饭桌上的气氛很凝重，母亲看着姐姐嚼东西，什么都不说，但我很恐慌，看着莎莫伸手去够那个离她很远的面包篮子。）

我一个人在厨房吃晚餐，父亲在"工作"。莎莫呢？"她肚子疼。"母亲不痛不痒地回答，但有一丝讽刺的口吻在内。

跟往常一样，他们什么都不跟我说，莎莫也无法接近。她似乎关闭了自己的内心，把自己锁在一个小小的空间里。她在床上，把诗写在内裤上，跟其他的必需品一起藏在羽绒被下面，比如收音机磁带，或者是用橡皮筋缠起来的本子。她专门用橡皮筋把本子捆起来，用神秘的口吻对我说："我在里面放了一根头发，如果有人打开看，我会察觉到的。"她告诉我这些，是警告我，还是威胁我？她认为我是个狡猾的人吗？

有时候，整个周日，她都躺在床上，微微地颤抖，只有头发露在被子外面。那几天，母亲很紧张，心情很差。仿佛有一股电流把她们联系起来，卧室的地毯下那一根看不见的电缆，布满雏菊的草丛，突然冒出来的毛茛，仿佛一切刚开始发芽，被一股地下的力量推动着，一股热热的水流在我们面前翻滚。一切尚未发生，又或者说一切都太迟了。

姐姐在客厅的白色沙发上留下了红色的印记。睡袍上的印记就像是泥浆——第二天早上，睡袍被扔到厨房的垃圾桶里。她要死了，她生病了，得了某种可怕的病，在某种程度上，她为此负有责任。

姐姐在父母回来之前，用泡了漂白剂的海绵洗刷垫子，在垫子上留下了一个永久的痕迹，跟五瑞士法郎的硬币一样大。

在莎莫失踪后的几年里，我麻木地坐在这块粉红色的印记上，内心涌上一阵恶心，不想让父母看到这块印记。我们坐在客厅里，爸爸、妈妈和我，说着杂七杂八的事情，我想到了姐姐，我们之间唯一的痕迹就是这块洗不掉的印记，其他的痕迹几乎都消失了。

我不知道他们是否留意过这块印记，尽管这是非常有可能的。然而我们一家人是如此有默契，没人提到过这事。

说到底，这一切就像没有发生过，这些涌现出来的画面，不就是被一个七八岁的小男生从他的角度出发，以最悲伤的方式进行扭曲和放大了吗？

一个女孩子消失，是因为某个夏天，她妈妈忘记给她买泳衣？她消失得无影无踪，是因为在她第一次来例假时，妈妈打了她一耳光？（"这是传统，"吉尔后来很平静地跟我解释，她点燃了一支烟，"母亲给将成为女人的女儿一巴掌，"她毫无表情地补充说，"这是法国人的习惯。"）

谁会在这个世界蒸发掉呢？

这事不会发生，或者说只发生在受诅咒的家庭里那个最不受宠的成员身上。人们竭尽全力去想象最坏的情景，投射在他人身上，挑衅世界上最值得怀疑的那个人。他坏掉的脑子里滋生出无数闹剧，就像从他姐姐身体流出血液一样，从他身上涌出阴暗的、没有穷尽的闹剧。

　　莎莫失踪之后，可可、阿莱克希亚和吉尔搬到了我们家里。她们抽着烟，围坐在餐桌旁，或者在花园里散步，挥舞着手，注视着地平线。她们就像是康复中的病人，医生建议她们每天都散步。她们站在草丛里，围在一张铁桌旁或是我母亲身边，她们身上换过的衣服暗示着时间的流逝。（吉尔坚持不脱摩门教的睡袍，但选择那件新裙子的想法本身就是一种背叛，是一种无法接受的虚荣心的暗示。）

　　她们正对着湖面，似乎在等待出航的消息。有时候她们会麻木地玩会儿乒乓球，慢悠悠地去捡球。躺在草丛里，看着天空，一个个挨在一起，就像在进行一场神秘的仪式。

　　她们看起来很累，眼窝深陷，嘴唇因为不安咬得紧紧的，像是迷失的小女生，总是在哭泣的边缘。有时候她们会突然情绪爆发，毫无预兆地跑到房间里去哭。

　　那段日子如此漫长。她们对待我的态度就像我是平辈。我们因为犯了同样的错误而团结起来，就像一团黑云，被黑色光线包围住。她们紧紧拥我入怀，把一只手放在我的脸颊上，我感觉自己成为她们的一分子，一个无法摧毁的个体。我人生第一次有这种感觉。

父母的朋友们来看望我们，他们试着接近女孩子们，但女孩子们不怎么开口，只是围成一团，不跟新来的客人讲话，有事情通知她们就好。来的客人越来越多。花园里，母亲一直戴着墨镜，身边总是有人。她面色苍白，毫无表情，被一群肤色健康的女人围绕着，她们低声细语，挥舞着手臂，一串串手链闪着光。安慰的话语到了我们耳边就变了形，就像被风刮过一样。其他人不过是地平线上的黑点，一群活动的蚂蚁，我们不属于那个时空。突然，我们又恢复了希望，相信这一切不过是误解。不久之后，我们嘲笑对方，莎莫一脸惊讶："你们居然以为我不会回来！太可怕了！"她摇了摇头，眼里满是怀疑和懊悔。

父亲的朋友们看起来比以前更加健壮，他们上了车，关上车门，发动马达，车队就像是准备去决斗。你听不到他们回来的声音，但他们会突然出现在厨房，或者是码头上，看着落日，一副无所事事的表情，让人联想到失败。

女孩子们整日守在电话旁，赤脚躺在沙发上，或者盘腿坐在地毯上。有时候她们拉上窗帘，坐在阴暗处乘凉，不说一句话。可可和阿莱克希亚拿起电话，好像问题的答案就藏在里面。她们想听到莎莫的声音，想听她说她在卡达克斯，她只是头脑发热，出去散散心，背景里还传来音乐和嘈杂的对话声。事实上，她们只听到了"吱吱"的电流声，仿佛有一个可以潜入的无限的空间，然后她们发出一声叹息。

日子漫长，且令人窒息。我们有时候会忘记自己在做什么，在花园里，看着湖面发呆，跟湖水一样一动不动。蓝色的湖面跟天空一样，形成了一种完美的平衡，湖面和天空相互倒映，就像是两块贫瘠的土地。天空中偶尔飘过一朵云，但马上就变形了，感觉它们在太阳下都化掉了。

一天下午，女孩子们脱掉衣服，来到湖边的矮墙。我看见她们穿着内衣走在光滑的岩石上，在身后留下彩色的印记。吉尔穿着白色棉质内衣，第一个跳入深绿色的水中，没人在那里游过泳。可可和阿莱克希亚紧随其后，有一些犹豫，但又带着一丝笃定。就算离得很远，我也感觉到她们的活力，就像是一段优美的旋律，留下了耀眼的光泽。

她们游得很慢，一个接一个，总是聚在一起活动，就像浮游生物一样。突然，我感到一阵恐慌，担心她们也会消失。

她们一直在游，姿势极其优美，离岸边越来越远。我双手合十祈祷，祈求老天把吉尔还给我。把可可和阿莱克希亚带走吧！但是不要带走吉尔，拜托了！这时，我才明白自己有什么毛病。

她们待了很长时间，在不同的空间里交错，慢慢消失在地平线，而我一动不动，试着呼吸，不知道什么时候爬上了矮墙。我看见她们舒展的身体浮在水面上，其中有一个潜入水底，柔软的小腿拍打着水流，在她消失之前，我的心跳也跟着加速。随后光线改变了轨迹，影子盖住了水面。云在灰色的天空中翻滚。下暴雨了，雨如瀑布落下来，打在湖面上，发出震耳欲聋的响声。一个个小黑点朝岸边游过来。远远地看，她们就像是化在黑水里一般。

她们爬上了岩石，瑟瑟发抖，湿漉漉的头发贴在肩膀上，我感到无比安心，坚信自己的祈祷被神灵听到了。

就在这时，可可和阿莱克希亚大叫着跑掉，她们把手放在头顶挡雨。吉尔爬上了矮墙，这时，我做出了一个疯狂的举动。我不经思考冲了过去，她用奇怪的眼神看着我，也许是害怕。我不知道哪里来的力量，抓住了吉尔的手臂，然后亲吻她，就像我从没亲吻过其他人一样。我记得她头发上海藻的味道，还有滴落在我们身体上的雨水，那是那个夏天第一场也是最后一场暴雨。

我觉得自己是雨水，是小草，是湖。我从没有像现在这样与这个世界融为一体，就在那时，吉尔的嘴巴也张开了，我的心快要蹦出来了，我俩的心隔着衣服紧紧贴在一起。随后吉尔从我身上滑落，她朝着房子跑过去。在我身后，我感觉湖面就像肺部一样鼓胀起来。

在家里，母亲拿着吹风机等我，她无比温柔地注视着我，什么都没说。女孩子们在厨房里喝啤酒，我听见她们传来的笑声。我去找她们，很吃惊地发现父亲跟她们在一起，他微笑着，表情很放松。我只在照片上见过他这种表情，这种忘我的状态。

她们三个都穿着我母亲的套头衫。可可把一条苹果绿的浴巾裹在头上，很激动地讲着话，优雅地挥着手，把吐出来的烟挥走。我看见吉尔和阿莱克希亚的脸，她们头发湿漉漉的，头顶是天花板的白光。可可讲到她有一次在柏林搭便车去找一个男生，那辆车上的乘客一个比一个疯狂，喝得醉醺醺，一到终点站，那个男生就跟其他女孩出去玩了。吉尔和阿莱克希亚笑得很开心。这时，父亲做出了一个不合理智的举动。根据家族传统，他早在律师实习期结束后就戒烟了。他把可可嘴里的烟小心翼翼地夺走，然后塞到了自己嘴里（可可抬起手，让他拿走烟，仿佛习惯了他的动作）。他深吸一口气，让烟头再次燃起来。我甚至听到了烟草裂开的声音。我发现了父亲性格中隐藏的某个部分，他不小心流露出来的这一面既温柔又猥琐。那天晚上，某样东西在这个宇宙游走，虽然动作极其细微，但深刻地改变了我们的内在，甚至可以说我们再也无法控制自己的举动，我们的动作都来自潜意识，这点让人害怕。

吉尔看见我，意味深长地笑了，她耸了耸眉毛，然后把嘴边的啤酒递给我，我体验到地下恋情的感觉。我把嘴巴贴在冰冷的啤酒瓶上，就像是吻到了她的嘴唇。

女孩子们住在我家，三个人挤在一张大床上。我们把那个房间叫作"乔治五世房"，因为我父母把在巴黎酒店里偷来的物品都放在里面，比如梳子、拖鞋、烟灰缸、钥匙等。我的卧室在走廊的另一个尽头，我能感觉到她们的存在。阿莱克希亚穿着 T 恤，遮住了光滑的腿，过来找我要牙膏。她跟我来到浴室，脸上没有了平日的粉底或者睫毛膏，她看起来更加年轻。她的眼睛没睁开，找不到平日的气势，在睫毛的阴影下，看起来有种脆弱的感觉。她走进房间时，我第一次注意到她脸颊上的雀斑。她长时间看着我，然后低下头看着我手里的牙膏，陷入忧郁的沉思。就在我疑惑她是否要开始哭泣的时候，一眨眼的工夫，她就消失在走廊里流淌的灯光中。

那一晚，我没有睡着。黑夜在墙上和地毯上勾画出神秘的影子。卧室里充满了潮湿的空气，湖面的灵魂还飘浮在这里，它进了我的肺部，在那里留下了潮湿的痕迹。

我仿佛听见了女孩子们在走廊里窃窃私语的声音还有脚步声。一扇门打开了。我在发烧，半梦半醒中，吉尔走进了我的卧室，钻进我的被子里。长长的黑发盖住了她的身体，她一句话没说，贴在我身上。我想起她们三个挤在一张大床上，手握着手的情景。

我看见过去的画面，它们就像是已经褪色的幻灯片。我看见孩童时的吉尔在吃一个桃子，我记得自己很震惊，她从厨房灶台上的果篮里拿起水果，果汁流到下巴上，我母亲一副吃惊的表情。我还记得吉尔在浴室里和莎莫玩牙膏的情景。

眼前是吉尔的脸部大特写，黑漆漆的眼睛，看不出任何表情。她就是这样一个乖巧的小女孩，很讲道理。她严肃的一面让我很着迷，完全是姐姐的对立面。这几年来，吉尔总是去那些地下聚会、酒窖，还有些乱七八糟的晚会，最后靠警察来收场，好像她身上有股不安定的因素，属于黑暗和阴影，但她自己完全不知情。我记得十五岁的她，在沙滩上，她穿着男士短裤，毫不畏惧他人的目光，手里拿着一本关于古希腊的小说。

一整晚，她待在我的卧室里，说着神秘的话语，把手放在我脸上。我们四年的年龄差距不算什么，悬崖上的浮桥，我跨过去了，我在另一边跟她团聚，她在发光的森林里等我。

第二天，天空又是一片惨白色。我醒过来，喉咙里有灰尘或者墨水阻止了我的呼吸。我来到厨房，有种不好的预感。我找到母亲，她还戴着雷朋的塑料墨镜。

"她们走了吗？"我问。

母亲抬起头，脸上的表情可以说明任何事情。

也许她不记得昨晚的事，也不记得我是谁，我在那里做什么。在厨房里，她盯着咖啡杯思考我们的未来。也许昨晚什么都没发生，只是一个梦，一个潜入我们生活的不透明的梦。

也许她听到了我的问题，就像是一支箭在空中射中了一只鸟？谁走了呢？我们在谈论谁？有血有肉的女孩子们，她们放在椅背上的外套还有香水味，杯子还放在水槽里，谁又会回答我的呼喊？我可以握住谁的手？眼前的面孔马上就模糊了，看不清痕迹，我们甚至不能呼喊对方的名字。

就在那个时候，在母亲面前，看着她那张难以捉摸的脸和墨镜，我的心头涌上万般耻辱。无法再回想昨晚发生的事情，时空陷落，我瑟瑟发抖，感受到一股不体面的幸福。仿佛莎莫并没有出走，甚至从未存在过。我希望暴风雨再次来临，湖水上涨，直到把我们淹没，只剩下姐姐躺在橡胶床垫里，抹了防晒霜的皮肤发着光。

电话响了，是座机，我马上就知道是她。只有我母亲，还有卖窗户的公司才会打这个座机。我开始吃安定片，在上班时间抽烟，不再穿衣服，或者只穿内衣和拖鞋，我觉得自己是在放风的犯人，开发出了某种尖锐的直觉。

我从一大早就知道母亲会打电话来。我感受到她的祈祷。我预见她的祈祷掠过湖面，飞过勃朗峰，沿着火车站，在脏乱的街道上穿行，然后来到我身边，就像是一阵风，或者是溜走的影子。除非这一切不过是新草坪的副作用，吸了第一口，我的大脑就像是要爆炸一样。也许我快疯掉了，这是另一种可能性。我想象各种看不见的人在说话，在加油站旁赤脚走路，眼睛盯着天空。

我看了一眼地板上的电话，电话线一直连到墙边的插线板上，我感觉到它的内部结构就像是跳动的脉搏。

"喂，本杰明吗？你在啊！真是太难找了……（沉默）你还好吗？（假装开心的声音）"

"还好，妈妈，就是很累。"

这是唯一可以用来总结我目前状态，我的新生活（搬到一个新区，那里的居民出了名地精神失常。我不工作，与世隔绝，不出门，除非是去看心理医生，或者是穿着慢跑服去买烟或精神药品）的词。我的房间有 27 平方米，跟医院的病房差不多，在那里可以安置一个青少年精神病患者——衣服扔在地上，烟灰缸满了，空瓶子里面还有烟头。

"不，我不能去看你，妈妈，不，你也别来，拜托了。"
疲惫——这是我们家的现状，代表着悲伤和羞耻。

我感觉到了电话另一端母亲的担忧。粉色的嘴唇，桃红色的脸颊，穿着山羊绒套头衫，随着年纪的增长越发成熟的魅力，她完美的妆容下压抑着复杂的情绪，她点燃了一支烟，以此掩饰内心的不安。
她很担心，担心我说出口的话。

但我很长时间不犯这种错误了。在某个时期，我坚信母亲和我共同隐瞒了一个巨大的秘密，某件黑暗且隐蔽的事情，仿佛我们幻想的生活被安装在一个投影仪上，然后投射到墙面上。
当她来参观我的住处——唯一一次我有勇气见她，我再一次成为这种无法理解的幻想的受害者，幻想我们是温柔的个体，可以互相安慰——她坐在床头，膝盖紧缩，面带微笑，就像参加面试一样。

我向她承认，在翻阅电视杂志时，我看到了伊莎贝尔·阿佳妮在《一个死气沉沉的夏天》里的剧照，然后我想打电话给莎莫，这是她最爱的电影，我想告诉她今晚放这部电影。

"有那么一瞬间，我忘记她不在身边了，你明白吗？"

母亲看着我，惊讶于听到她女儿的名字，这个名字很久没有人提过。这么多年来，我们的生活里没有莎莫。母亲的眼睛里流露出一丝怯意，然后她笑了。

我看着她的身体在抖动。"你有咖啡吗？"她巡视一番后，说出了第一句话。我感到无比羞耻，满怀罪恶感。她坐在这张大床上，看起来如此渺小。这几年来，她更瘦了，她的内心是虚无的，比空气还要轻。我再一次感受到了溃败，内心深处的这份悲伤无处可藏，她的拳头捏紧了我的心。

我想搞清楚母亲与这事到底有什么关系，又或者是再次体会因找不到答案而坠入深渊的感觉。

"我看见她了，妈妈，她一直十九岁。"

她又笑了，那是一种自发的社交式笑容。唯一的破绽源自她对烟草和咖啡的上瘾，她还是那个美人，散发出紧张和欲望的电波。

在孩童时期，她的这种微笑就让我害怕，这种微笑总是以不适宜的方式出现，人们还以为她脑子有问题，搭错了线，在表达感情方面存在着障碍。

永远不能相信这种笑。如果家里来了客人，我在老远的地方就能听到她这种笑声。

窗户被泥巴或者雪花覆盖，她会突然出现在窗户后面。在山上，她穿着豹纹连衣裙，踩着非常高的高跟鞋，我担心她会陷入积雪中，消失不见。家里有很多人，有父母在日内瓦的朋友，也有我没见过的男男女女——他们从哪里来？他们围住我的父母，眼神里流露出爱和饥渴。

六岁的我穿着睡衣，没人看见我，我用心灵感应向母亲求助，希望她来抱抱我。深夜里，我在房间里想到了雪崩，想象大雪把我们盖住，也许到了春天人们才能找到我们。深夜，我无比恐慌，但我知道我不应该起床。上一次我走进父母的卧室时，父亲很生气，他把我扛起来，就像是扛一个箱子。那一瞬间，我以为他会打开门，把我扔进外面的雪堆里。

姐姐不在家，她在参加学校的旅行。母亲容光焕发，被光晕所包围，我看见女人们手里拿着香槟，向母亲投来羡慕的目光。我想靠近母亲，但有个男人找她说悄悄话，他们的脸贴得特别近。

那天晚上，我一觉醒来，感觉自己仿佛从湖底深处浮上来。我听见了音乐，从床上起来，跟着灯光来到客厅。我从没有回想起那天晚上，甚至可以说我把它从脑海里抹掉了。然而，我看见了她，在地板上，胸前的浴衣敞开着，光斑挡住了一些细节，看起来像是破损的胶片，但我看到了一个影子，在她的双腿之间，肿胀的眼睛之间。然后父亲出现了，他穿着一件黑色羊皮上衣，肩膀上和头发上还有雪——他从哪儿来？他去外面了吗？——他跪下来，把她抱到怀里。妈妈似乎睡着了。他对我吼了几句，但我什么都没听到，整个世界一片宁静，然后一切都消逝了。这些年来，这一切我无法触及，在我记忆深处的某处，一个结冰的洞口循环上映这一幕，还带着蓝绿色的滤镜。

我重新把咖啡机的线插上，母亲机械性地整理羽绒被上的棉花，她想让家里整齐一些，这也许是她表达感情的方式。有那么一瞬间，我想跟她讲述那一夜，讲述我听到的意大利迪斯科音乐。几年前，我在超市听到这个音乐的时候很想哭。但这样做只会破坏我们之间的和谐——我们没谈过的事情都不存在。

她也许会不解地看着我。这位80年代的年轻女性，躺在地板上，脸上全是泪水，皮肤跟窗外的雪一样洁白。母亲跟她又是什么关系呢？

如果母亲发现这个女子躺在起居室的地板上，她会面色窘迫地盯着这个低声呻吟的黑暗生物，对她而言，这个女子可能会像莎莫一样陌生。如果在大街上遇见莎莫，我们会不会认出她来？她现在应该有四十二岁了。天哪！只要一想到这点，就好像有一只手伸进我的身体，要抓住什么隐藏的物品。

母亲没什么事好做，只能关上音乐，看向远方，然后马上忘记她。那些走失的女孩子不再出现在我们的日常生活中，不是出于自私或害怕，相反，这是一种本能的压抑，就像我们用堡垒将自己与野蛮世界隔开。年轻的女孩子们在沉默中失去幻想，在卧室门背后被柳条家具包围。

又或者母亲会跟往常一样微笑？

在电话另一头，我听见她的呼吸声，突然，她用欢快的声音对我说：

"嘿！你知道我在柏德弗药店遇见了谁？吉尔！她在那里工作，她完全没变，或者说几乎没怎么变。她还是那么漂亮。"

我听到了她的名字，它就像是天鹅绒首饰盒里一块亮晶晶的宝石，一个藏在水里的陶瓷蛋。

我在听筒旁很紧张，握紧了拳头。

有一瞬间，我们都没说话。我们在梳理过去的痕迹，进行一种无声的交流。

"她有两个孩子，我想，一个或者两个，我不记得她说了什么。"

我感觉背后一紧，肩膀耸起来，这种感觉我好几年没有过。我的身体找回了消失的反射，仿佛刚从长期的麻醉或者是童话里的长眠中苏醒过来。之前，我身上的时间一直停滞不前。妈妈后来还说了些什么，我听不见了，她好像已经走远了。我们试着摆脱过去，但一切都没有变，一切都像二十四年前那样清晰。

暴风雨之夜过后，女孩子们再没有来到我家。她们好像发出了某种信号，之后再也没有人来我们家拜访。

那一晚，阿莱克希亚穿着 T 恤，光着腿，找我要牙膏。从那以后，我再没见过她。完全不知道她现在是什么样子，在哪里生活，她是否消失在风中，就像人们拿来许愿的蒲公英一样。

父母的朋友们消失了。弗兰克出事了，他被警察传唤。我猜想这跟萨维欧家花园游泳池的谈话有关。我不知道他到底出了什么事，他比我大七岁，比莎莫大三岁，他总是跟我们一起混。他还曾经做过我们的保姆，我被他的温柔和坚定所吸引（他让我们看《青春珊瑚岛》，这是一个非常出格的行为，然后他又让我们去睡觉，不管是我还是莎莫，都没有跟他争执。他虽然才十五岁，但跟男子汉一样权威）。他出身的秘密（属于另一个令人着迷的生活方式，玛丽娜·萨维欧有时候会提到，在法国南部某个地方，跟集体生活和自由恋爱有关）赋予他某种智慧。他去过黑暗之地，然后回来了。一天晚上，在萨维欧家，女孩子们坐在台阶上抽烟，那里长满了杂草，我听见玛丽娜·萨维欧对我母亲说弗兰克是他父亲的翻版，他的外貌和言行举止跟他的创造者一模一样。但她担心他同样继承了他的缺点，致命的弱点，随时可能爆发。听到人们如此评论弗兰克，我很吃惊，他是我见过的最冷漠的男孩，随后我试着研究他美丽的脸庞上的黑眼圈，想找到内心发狂的痕迹，但他从没有露出一丝反常的迹象。跟我不同，我大部分时间都在掩盖自己的不正常。我多么想成为弗兰克。他看起来属于另一个世界，他发出的某种光，让其成为世界的中心。他懒散地睡在躺椅上，手枕在脑后，试图与人们保持距离。我惊讶地捕捉到姐姐看他的眼光，还有我母亲的，她们似乎想在他的太阳镜里找到存在感。

　　父亲生气了，我听见他在电话里的声音越来越大。他不明白为什么警察可以如此无能，他把手放在额头上，脸色很难看，好像前一晚是穿着衣服睡觉。

　　在花园里，有人跟玛丽娜·萨维欧吵架。我听不清她在说什么，但她很愤怒，黑色的长发落下来。父亲在她对面，看起来惊慌失措、心事重重。突然，他身子一软，玛丽娜·萨维欧抱住了他。从远处，我看见他的身体在颤抖，而她紧紧抱住他，不让他倒下。

　　吵架那天，玛丽娜·萨维欧来看我。她在我耳边说："会好起来的。"我不知道她说的是什么意思，她是指我父亲的心理健康，弗兰克继承的血统，还是说莎莫会回来，或者是指我的生活。她滚烫的脸好像是在太阳下晒了一整天，她的脸贴在我脸上，让我觉得非常放松。

　　但是玛丽娜·萨维欧和克里斯蒂安·萨维欧再也没来过我家，我们再也没去过他们家。我们再也不谈论他们或者其他人，他们走出了我们的生活。电话响起的次数越来越少。有一次，母亲在理发店遇见了卡罗尔·伊贝哈特时，后者紧紧地抱住了她。还有一次，她在高尔夫球场约了朋友们见面，他们尖锐的问题和灼热的眼神似乎要撕碎她的心，球场绿油油的草坪也很刺眼，总之她那天很早就回来了。有时候，她觉得只要她走进了某个场所，谈话就会停止，她听到人们提及莎莫，评论她是如何骄傲、如何惺惺作态，她感觉自己要疯了。爸爸有个俄罗斯客人，他的太太隆了鼻。她在银行里见到我母亲，对我母亲说："你看起来气色不好。"母亲怨恨地看着她，一下子冲到外面，一言不发。当天晚上，在父亲的建议下，母亲还打电话向这位太太道歉。

我后来经常想到弗兰克，想象他浮在游泳池的水面上，被落叶和昆虫包围着，眼睛盯着天空。

其他男孩和女孩也接受了警察的盘问，但父亲尤其留心那些男孩子。他在皮质封面的记事本上写下一个名单，字迹潦草，上面是莎莫的男性友人、班上的男同学，还有她的男朋友们——那些开着跑车送她回家的男性。

名字被打圈、画下划线，然后被涂掉。记事本被打开又合上，仿佛答案就在那里，在某处，只需要长时间凝视，画面就会出现，只需要追随线索就能找到她，她在某个男孩家里舒舒服服地躺着，或者是在某个朋友家的卧室里看漫画，或者是在花园里剥橘子。

他把自己关在办公室里打电话。我靠在门上，听到他温柔地讲着什么，但当他再次出现时，他怒气冲冲，脸都变形了。他大声吼道："这个浑蛋，枉费我为他做过的一切。"我不知道他是否在谈论我。

开学的时候，我回到了佛罗里蒙。走廊里，一切都似曾相识，却又与众不同。莎莫、吉尔、可可和阿莱克希亚被另一个群体替换，她们穿着褪色的紧身 T 恤，头发在阳光下闪着光，经过一个假期后新生的女孩子们，滋养着所有的幻想，抹去了过往的记忆。就像是安福河畔的草坪，九月大雨过后，河水涨潮，人们无法想象那里曾经开满了一丛丛小野花。关于莎莫的回忆也被冲走了。

初三年级有一股新势力，男孩子们在走廊里笑得很大声。女孩子们回到教室里，抛给他们一个意味深长的眼神。走廊的生活看起来更有趣了。那里盘踞着焦躁不安的马蜂窝，跟我寂寞的夏天形成强烈的反差。

这一年没剩下多少时间，日子在雨帘后面悄然流逝。我没想过莎莫，校园生活推着我往前走，就像海浪一样，试图与其对抗是危险的。菲丽希缇的父亲是院长，从我面试评估那天之后他就没对我讲过话。大概十年前的那场面试中，他几乎都在谈论我的家庭，特别是我的父亲，他嘴里嚼着紫色的糖果，那是他在一个铁盒子里找到的，但没有给我吃。据说每个周六的晚上，他会带一些寄宿的男生进城喝酒，实在是太好玩了，而且他还买单，但这一切属于一种无形的事实。然而，就在开学后几个星期，菲丽希缇的父亲叫我去他的办公室。他的办公室看起来像个储藏室，在他头顶飘浮的灰尘就像是一道光晕。他看着我，身上黑色的衬衣绷得很紧，我在等待我的处罚，被流放或者退学，因为我的成绩比去年更糟糕，又或是他看穿了我内心深处的黑暗。

"你还好吗？"

我惊恐地看着他，脑子转个不停，但他没等我回复就继续说，他想到了我和我的家庭。

我终于明白，他说的是我的姐姐。

"我对她印象很深刻。"他点点头，就像是谈论某一个熟人。他想继续说下去，但只叹了口气。我们在那里，盯着空气中的灰尘缅怀莎莫。

他是那一年唯一提到莎莫的人，就连那个眼神像毒蛇一样的女孩也再没有提过她的名字。她会突然出现在体育场还有厕所门口。有一次，她从军大衣口袋里拿出一根粉笔，跪在人行道上，画了几个空心的圆，然后用箭头把一个个圆连接起来——她乱涂乱画，就像是失去了理智的天才——之后她站起来，用一根手指指着我的脸，以威胁的口吻向我宣告："一切都是有联系的，老兄，这是混沌理论。"

剩下的时间，我没有想过莎莫，一切就简单多了。如今看来，姐姐把我一起带走了，摆脱了身体这个躯壳，我们一起去流浪，在风中飞舞，就像是在空中飘浮的塑料袋。

有时候我会有种奇怪的感觉，人们过来找我，推推搡搡，动作非常粗暴。在更衣室的墙上，有人用笔写道："莎莫是婊子。"

字迹很潦草，还被人用手使劲擦过，已经看不清字母 S 和 E 了。还有好几年前，我在 800 米跑的终点吐了。在食堂，男孩子们看到我之后转过身去，一脸不屑的表情，偶尔转过头瞟我两眼。我听到他们絮絮叨叨的声音，诸如"不正常"或者"姐姐"这样的词。但这一切也有可能是我脑海里的声音。因为那一年，十五岁的我经常被人忽视——如今让我吃惊的是，在班级合照里，我才是最醒目的那个，因为我比其他人高一个头，脸上的表情介于生气和痛苦之间，让人以为我似乎在酝酿着一件可怕的事情。

在班上，老师们对我持有从未有过的耐心，然而我还是坐在椅子里晃荡个不停，或者把橡皮掰成碎末。

"回过神来，瓦斯纳先生。"

为了远离骚乱，我会躲到医务室。那是一个中立的地方，介于生死之间。在那里，胖胖的吉丽小姐穿着白色塑胶鞋，这个迹象显示她放弃了希望和爱情。她让我躺下，给我量血压，不提任何问题。她就让我躺在那里，旁边是一张矮桌，上面放着抗抑郁宣传册，还有一些青少年的照片，估计是福音青少年夏令营的广告。我看见女孩子们来到医务室，捂着肚子，脸色苍白，她们自称"不舒服"。我们交换了一个不信任的眼神。她们马上转过身离开，嘴里含着吉丽小姐给她们开的药——斯帕丰[1]，就像含着生日宴

---

1. 用于治疗消化系统和胆道功能障碍引起的急性痉挛性疼痛。

会上的聪明豆。

我很喜欢待在那里，这是为了赢得一些生存的时间。透过窗户看外面的院子，其他人在艰难地为生存而战，我想到了达尔文的进化论，意识到自己注定会灰飞烟灭。那些躲在医务室的人无法适应环境，最终的下场就是被大自然淘汰，变成地球上的尘埃。

十月，我在克雷芒斯酒吧的露台上看见了吉尔和可可。她们坐在桌子旁，一副懒洋洋的样子。这情景太让人吃惊了，我得靠在面包店的橱窗上缓口气。可可抬起头看着我这边，但她的注意力似乎在更远的地方。我看见了吉尔的身影，她穿着牛仔外套，扎着马尾辫，用一根塑料吸管敲打着杯子底部。我看见她前倾的脸，脖子优雅的曲线。她用手挤压着柠檬。我重新上路，沿着墙边走，注意力落在脚上。我越走越远，感觉一切变得干涸，眼睛在灼烧，好像进了灰尘，心跳也变慢了。深夜，我回想起这一幕，直到今天记忆还是这么鲜明，吉尔和可可的女性姿态闪闪发光。于是，我找到了一个困扰我很久的问题的答案。是的，她们看见我了，她们看见我走远了，于是我松了口气。我的形象化在可乐的泡沫里，或者挥发在秋天古铜色的空气中，散发出腐烂的甜味。大地抹掉它带来的一切，落叶堆成一堆，门口的草坪堆满了砍下来的树枝，湖水一天比一天阴暗，就像是一个装满了脏水的大盘子。

之前我没有想过这些，因为我知道她不会回来。

　　昨晚，我梦见了莎莫，她穿着蓝色棉质的睡衣。这件衣服很像她夜生活的舞台装。她出现在森林里，那里的植被看起来总是湿漉漉的，上面像是喷洒了黏性液体。

　　她在那里，赤脚踩在地上，被巨大的树叶和藤条包围着。

　　她面对着两只巨大的鸟。一只是黑色的乌鸦，巨大的鸟嘴就像一个号角，还有一只南美大鹦鹉，蓝得太不真实。

　　我知道那是我们的父母，我可以读到姐姐的心思，她张开双臂想去拥抱它们，但鸟儿被吓坏了，拍打着翅膀，发出撕心裂肺的叫声。她试图安抚它们，让它们平静下来，但它们越发激动，它们的翅膀拍打着她的头发，我感觉到她的害怕——还有我自己的害怕——怕弄伤它们，怕听到骨头碎掉的声音。我们可以清晰地看到翅膀的软骨，看起来就像是长长的指头。

　　我低下头，看见血沿着莎莫的手臂流下来，黑色的血浸湿了她的袖子。鸟的爪子抓住了她的胳膊，撕碎的衣物下方可以看见伤痕，但莎莫毫无感觉，注意力集中在她的手上。她在空中缓慢地移动双手，就像是在抚摸一个看不见的生物，同时鸟叫声越来越尖锐，让人联想到痛苦和愤怒，衣服上的血迹越来越大，直到整件睡衣完全变红。

我知道人们在关注我们。报纸上有我们的报道，还有不知道在哪里被抓拍的照片，妈妈穿着紧身胸衣，取景框从她的肩胛骨开始，直到黑色的裙子，看起来像是没穿衣服，只戴了钻石耳环。照片上的爸爸跟政治家或者政治难民在一起，手腕上戴着劳力士表，他看起来总是最老成的，还带着狩猎者的味道。我没法看这些报纸，上面的莎莫永远是一个样子——微笑，对生活充满信心，不知道是哪个摄影师拍的，她的朋友、恋人，还是杀害她的凶手？——标题假惺惺的："一个显赫家族的悲剧"。这种蠢话让我很想拍打墙面。我偶尔会这样做，目的是发泄情绪。有一次我在卧室拍打墙面，伤到了手腕。还有一次，我用一个玻璃杯使劲敲击水龙头，看起来既愚蠢又悲惨。

我记得母亲在信箱里找到的免费周报，第一页就是："莎莫——三个月没有消息。"那些人这样亲密地叫她的名字，仿佛她属于他们。母亲把报纸放在桌上，身体轻微地摇晃，只有扶着桌子才能站稳。我用双手扶住了她。她纤弱的身体还在发抖，一具由骨头、皮肤和肌肉组成的身体。

我知道人们在谈论我们，无论是在餐厅，还是在前台。再也没有人打电话邀请父母去水星餐厅。在街上，路人向我投来好奇的目光，他们嘴里嚼着拼凑来的陈年往事。

有人说我的姐姐很风骚，"什么都做"。还有人提到我的父母——母亲的冷漠，父亲的野心。更不用提他们对我的看法。我不愿意去想。

"他不正常，你明白我的意思。"

"这样说很残忍，但我们不禁想问为什么，不是吗？为什么命运没有带走（声音放低了）……另一个人？"

但他们也不知道，没人知道，就连我父母还有我自己都不知道为什么命运会如此安排。

莎莫在别处过着秘密生活，不是在俱乐部，也不是在某个男生的床上。她住在另一个世界，一个温柔且隐蔽的地方，充满了梦想和寂寞。我们可以看见她，但不能跟她重聚。

我们爱过她。我们喜欢过她。

我记得她。童年的每个夏天我们都在巴莱亚尔的这家酒店度过。当我早上醒来的时候，她的床是空的。透过窗户，我看见她在下面的游泳池游泳，泳衣上的彩色斑点在水里浮现。长椅上空荡荡的，四处都是绿色的草坪，自动喷水器发出叮叮声。莎莫对我说她是美人鱼，她住在这个游泳池里，没人可以找到她。她一直待在水里，身体躺在蓝色的小瓷砖上，在阳光和阴影交界的地方游荡。

下午，她戴着面具，穿着潜水的脚蹼出门了，在沙滩上倒着走，消失在浪花里。我看见她潜水用的吸管露出水面，然后过了一会儿，就什么都看不见了。

　　她还是回来了，带了一块贝壳，头上还戴着面具。她躺在沙滩上，靠在我身边，我想拥抱她，又怕伤害她。她一副梦游的表情，将我隔离在外。

　　"你不怕鲨鱼吗？"

　　她朝我笑笑。

　　"这才是最棒的。"

　　如今回忆起来，我一生都在等待她再次出现，屏住呼吸，仔细观察她吸管上黄色或黑色的斑点。

　　我早就知道，就像了解自己的身体一样，有一天，人们会把她抢走。

　　我不知道她在那里遇见了什么。

　　我的父亲也很喜欢水。他送了姐姐一本地中海生物指南。他说他曾经想做海洋学家。莎莫九岁那年，他送给她一个鱼缸，鱼缸有一套非常复杂的滤水器和供氧设备，一直运转个不停。经过走廊的时候可以听到它的声音。在规定时间开灯和关灯，就可以给它营造出一个白天和黑夜交替的感觉，一个迷你的水下世界。鱼缸前面放了两把折叠椅，我看见莎莫和父亲在那里，他们一大早就被发光的水下森林深深吸引。

周末，我们去市中心的宠物店找新品种。我记得哗啦啦的水流声，还有鸟叫声，四处散发出野生动物的气味。莎莫把脸放在橱窗上，彩色的小鱼像闪电一样游得飞快。只要有新品种到货，父亲和莎莫都很激动。他们的眼睛在发光，店家用捕鱼网在水里捕捉他们点名要买的鱼。父亲每次让我选一条鱼，但这其实不公平，我只喜欢松鼠和仓鼠。它们似乎有灵魂和心，这跟一动不动的鱼眼睛可不一样。

上周，我想知道那家店还在不在。于是，我来到福斯特里大街，那天天气很好。我现在越来越难出门，但这是一场使命，我有将近二十五年没想到这个地方了。

宠物店还在那里，一模一样，正面是脏兮兮的红色招牌："鸟鱼啮齿动物爬行动物"。入口处的铃铛还是一样，好像在宣告我的归来，另一个时空在等我，那里弥漫着霓虹灯光和雾气。

一切一如往常，一排排的水池，光滑的地板砖，水下植物的水槽，人工珊瑚，装饰拱门，拍打翅膀的声音。在商店最里面，异国的鸟儿栖息地占据了麻雀和啮齿动物的笼子，突然有一阵鹦鹉的尖叫声传来，它从遥远的森林里逃脱出来。

我沿着窗户一路走，鱼儿像一朵朵乌云成群结队，我不知道它们是来帮我开路还是陪我走路，它们一路跟着我，上百个黄里透黑的瞳孔一直盯着我，发出无声的谴责。

我很难呼吸，就跟在办公室一样，仿佛又闻到了油漆的味道，它们从门缝下面钻进来，迅速蔓延，比甘草的味道、鸟儿的味道还要浓，比野生世界的味道还要浓。

我感觉到莎莫的存在，她是一下子出现的，但细节我忘记了，她凝视着鱼缸，眼睫毛忽闪忽闪，那副神情就像是在梦游，还有她咬拇指的怪癖，她在思考买哪一条鱼，仿佛这个决定太难了，威胁到整个水池的生态平衡。

我看见她的手贴在窗户上，她穿着凉鞋，没有穿袜子，白光打在青春痘上，让她的眉毛变成金色，她的鼻翼在抽动。我想把手指放在她的脸颊上，感受她的呼吸和心跳。但当我睁开眼，什么都没有，只有白花花的灯光，鱼儿们安静地游走，水管发出轰隆声。

我就这样看着她，仿佛这些年来我只做了这件事。然而我不知道她究竟是谁。在巴莱亚尔酒店，透过四楼的窗户，我们可以看到下面的游泳池，石头广场中央有个蓝色大洞。

"你明白吗？当我们在水里游泳时，身体是在地平线的下面，那里就像是四维空间。"她睁大眼睛说道。

跟莎莫还有父亲在宠物店度过的时光也许是最幸福的。姐姐的微笑如同一颗颗亮晶晶的颗粒，落在我们身上。父亲一副孩童般的表情，一丝刘海落在眼睛前方。我们选的是最漂亮的品种，它们的动作最精巧，当然它们也是最贵的。

我睁开眼睛，看见他们在我眼前。十一岁的姐姐，攀在爸爸的脖子上，他们如此亲近，我可以闻到他的衬衣里散发出来的香水味。她戴着手镯，小小的珍珠闪闪发光，就像是刚刚在海里捞出来的样子。我看见父亲孩童般的笑容，莎莫在他脸颊上放了一个吻，他看起来很感动，抱紧了她，她在他怀里看起来如此纤弱。我从未见过他脸上有这种表情，如此温柔和放松。然后他在我肩膀上拍了一下，使了个眼色。与此同时，莎莫在水槽前面弯下腰，用尖锐的声音激动地叫着我们：

"快来看！这里有七彩神仙鱼。"

他叹了口气，表情就像是在说："这些女孩子啊！"然后我们笑了。

我们朝莎莫走过去，我的心跳加速。透明的盒子里放着我们买的鱼，鲜活的彩色鱼儿在里面游泳。

今天，如果要给这件东西命名——从我父亲身上散发出来的，像彩色花环将我们三个联系起来的东西——那就是"天真"。

我们身处一个时空外的气泡里——在里面待了很长时间，直到天黑，下起了雨，湖面刮起了冷风，至少在打开玻璃门之前我们忘记了，旋律动人的铃声抹去了我们的记忆——然而动物园令人窒息的味道让我们扭过头，我们的头发和衣服都得洗，母亲捏着鼻子说我们"闻起来像是野兽"。我们并没有做错什么，所以并不心虚，那时生活是明朗的，只需要跟随莎莫在小巷子里闲逛，就能看到她嘴角的微笑像一头雌鹿一样优雅。

　　我很难明白到底发生了什么事情，这一切不过是个梦。而我们又是谁？哪些黑暗势力聚集在我们心头？太多画面一一展开，连续的闪回，破碎的影像。画面混杂在一起，陶博医生说这是酒精和药物的作用，它们扰乱了现实，把回忆和幻想糅杂在一起，但我知道他什么都不懂，他完全不了解我们。

　　但是我又能相信什么，哪些画面反映了我们灵魂的真相？是早上，父亲和姐姐坐在迷你椅子上，在鱼缸前屏住呼吸，达成一种默契的沉默？还是晚上，父亲红着脸在厨房里吼叫，莎莫坐在塑料矮凳上，为了保护自己，用双手抱住头，而父亲愤怒地用双手拍着她的肩膀，摇晃着她的身体？肯定发生了一件无法补救的事情，但没人对我说，母亲又在哪儿？父亲是想让姐姐认错？还是后悔？或者是他自己犯了错，但他希望她将猩红色的蛋，或者一个小小的化石，从嘴巴里吐出来，放在桌子上。

　　也许我讨厌莎莫，我不确定。也许我在责怪她。海上的小帆船消失在地平线。我站在河岸这一边，看着她的小船穿过一层层薄雾，从天上落下来的幕布，就像是从云层里透出的光。

　　也许我讨厌她扔下我们不管。当我提到这个可能性时，陶博医生就此点点头，他看看桌子，面无表情，我确信他从一开始就在等这一刻，从第一天开始，这件折磨人的事情像烂泥一样从我嘴里倾倒出来。

　　一天，我想起披肩的故事。

　　莎莫十八岁的时候，母亲把她最爱的披肩送给了莎莫。那是一条巨大的披肩，象牙色，丝绸制成，上面的刺绣图案是一只展翅飞翔的老鹰，还有长长的黄色落穗。这是父亲送给母亲的第一份礼物。她很喜欢讲这个故事，当时他们在巴黎的卢森堡公园，刚刚认识不久。父亲求婚的那天晚上，她正好戴着这条围巾。在酒吧里，她点了一个柠檬冰淇淋，因为她不喜欢海鲜，他说了一句："嫁给我。"

这些年来，这条披肩成为母亲和姐姐之间暗中争夺的东西。夏日的晚上，披肩落在母亲肩上——她背上的黑色小鸟不信任地看着你——然后消失不见，母亲紧张地在衣柜里寻找，那里堆满了羊绒衫、有刺绣和珍珠的短上衣。最后母亲在莎莫的柳条箱子里找到了，姐姐眼睛瞪得大大的，声称自己什么都不知道。

那只老鹰很像她们两个想成为的样子——张开翅膀，拥抱这个世界。

莎莫的生日是六月底，母亲在室外摆好了桌子，亚麻桌布垂落在地上。橱柜里有一套珍贵的收藏品，散发出一股樟脑丸的味道。她经常优雅地半蹲在那里收拾那些收藏品，膝盖上放着一套套的餐具和桌布。她注意力很集中，陷入沉思中，就像是在期待一个美妙的时刻，一个让我们的生活因此而改变的重要事件。

母亲拿出桌布，在姐姐的盘子里放了一个盒子。这是美好的一天，植物的香气和湖水的味道混杂在一起。空气中布满了天鹅的绒毛，它们轻飘飘的，飞上了天。姐姐打开盒子后发出一声惊叹，蓝色的小鸟看起来比以往更加鲜活。她站起来，把母亲拥入怀中，把脑袋放在她的脖子上。我们身边有很多花和飘浮的羽毛。我见证了一场令人心碎的仪式。母亲把她的青春和美貌送给了她的女儿，她自己织布，把白色的、蓝色的、橙色的苍鹭羽毛一根根缝起来，用心里最细的那根线，成就了一幅无比精致的杰作，在上面印上了她的梦想。

一年之后，我看见母亲扔给姐姐一块卷着的破布。她们面对面在大门口站着。莎莫正准备出门或者刚到家，她穿着一件迷你裙，母亲直接把这块布扔到姐姐的脸上。

莎莫抓住了那块布，我看见了上面的老鹰，有黑色的印记，正中间还有破碎的痕迹。莎莫一动不动，表情无法捉摸，眼睛盯着那块布。这时母亲用鄙视的口吻说道：

"我不喜欢你现在这个样子。"

三个星期后，莎莫离开了。

一天早上，我走进她的卧室，在抽屉、柳条箱子和床底下翻找那条披肩。

我没法冷静下来，我疯狂寻找那条丝绸披肩，我要看到那块撕裂的痕迹，它仿佛是被烧过一样，或者是被靴子踩过。我不知道我在期待什么，是想发泄还是受痛苦折磨。我紧张地打开抽屉，把手伸进衣柜里翻找，就像是电视剧上的侦探那样。这些服装的碎片就像是我姐姐，就像是她小时候喜欢玩的洋娃娃——白色短裙 / 无领无袖短套衫 / 鸭舌帽，长裙 / 王冠 / 手提包，纸质的配件，还有将其固定起来的标签。洋娃娃穿着不同，性格也随之发生了改变，当她只穿着一条碎花短裤时，她的微笑既可爱又残酷，似乎在说：我是谁？你不知道吧。

出于某个莫名其妙的原因，我知道我们家族精神错乱的病史早
就深入骨髓，被一张看不见的网笼罩。一件奢侈且闪着光的布料，
变成了一件令人蒙羞的物品——姐姐就是这一转换的最好印证。

你现在已经成为的样子。

我没找到披肩。

她失踪后一年，我变成了另外一个人。虽然我自己没意识到。
我每天过着行尸走肉般的日子，间歇性暴力发作，就像是警方的
心理医生记录的那样，"有无法控制的暴力冲动"。

那个秋天，马蒂亚斯·罗赛出现在我面前。他十六岁，骑着
电动车来上学，在佛罗里蒙没人这样做。我猜想他接近我是因为
他跟我一样高和瘦。他也被人鄙视和误解，耳朵上戴了个钻石耳
钉，操着瑞士口音，紧紧的牛仔裤裹住了屁股。"笨蛋总是吸引笨
蛋。"我是这样想的，然后握住了他伸过来的手。

"你是莎莫·瓦斯纳的弟弟。"他说。听到别人说出莎莫的名
字，我很吃惊，也很紧张，就像有异国的动物发出奇怪的回声，
在远处做着鬼鬼祟祟的动作。

我没有回答，松开他的手，这是我俩之间的一种仪式。他确
认了自己的存在，向我提议采取某种行动，我先是默认，然后又

是明显的疏离，试图掩盖内心深处的空洞和恐惧。

马蒂亚斯·罗赛看起来对自己非常满意。他穿着皮靴从人群中走过，长长的头发凌乱地落在肩上，脖子上还有几颗红红的青春痘，他也丝毫不介意。他每门功课都很差，包括体育课——在体育场跑完后，他总是咳得肺都要出来了，不得不双手叉腰。他对我说，他父亲花了很多钱把他送到这样一个"贵族学校"，老师们指责他懒惰和笨拙，但他对此并不上心。"马蒂亚斯很友好。"数学老师在季度的成绩单上这样写道。他似乎也听不到班上最时髦的男孩子对他的讽刺："喂，罗赛，你留级了几次啊？你几岁了？二十三岁吗？"他坐在椅子上晃晃悠悠，微笑着，仿佛生活向他许诺了另一个未来，跟我们在一起的这段时间不过是过渡期，最终这一切将会过去，"这些村子里的浑蛋"将会消失在他的记忆中，他会离开这里，去拥抱他的命运。

那一年，我的父母经常不在家，我想不起来他们去了哪儿。对我来说，这真的让我很头疼，我想把碎片拼凑起来，结果发现并不完整，记忆成了一团糨糊。父亲因为出差不在家，他经历了一段混乱的时期，持续了好几个月？或者一整年？——那些天的晚上，他的车子在砂石路上发出尖细的叫声，回到家后，他脸色很难看。他从大门进来，冲进厨房，拿起一瓶红酒或者啤酒，不管什么饮料，都往嘴里灌。他不管走到哪里，手里总是有喝的。他的声音越来越大，越来越生气，嘴里骂骂咧咧，甚至是在奢侈的午宴桌上，比如罗贝托餐厅或者是美丽河岸酒店。出于工作需求，他们会更换工作地点，这里不过是临时场所。他们认识了二十年吧？事实上，他的那些合作伙伴背景很复杂，你不知道这些人平时是做什么的，此刻他们在餐桌上交谈，轻轻擦嘴。父亲总是不在家。一天晚上，在餐桌上，他对妈妈和我说，他是为了"我们的声誉和家人而战"。突然，我毫无缘由地笑出声来，也许是因为白天马蒂亚斯对我造成了巨大冲击。

我什么都没做，静静地观察另一个冷笑的我，父母则盯着我。我看见父亲咬紧牙关，说了句："滚。"我迅速跑回卧室，感到既恶心，又畅快。

马蒂亚斯和我，我们在一起混日子，躺在客厅的沙发里看录像、看杂志，例如《阁楼》《花花公子》《读者文摘》《国家地理》《早报》《滑雪杂志》，都是他从他父亲的报刊亭拿来的。我们在卧室里抽烟，在客厅里也抽。周末的时候，我们把无边扁平软帽放在茶几上。我父母每个周末都会出去，去年冬天除外（我记得父亲提过他有个客人在库尔舍维勒，或是梅杰夫，当我看见门口的行李箱时，就知道他们要出发了）。傍晚，马蒂亚斯给他父亲打电话，说他"睡在本的家"，听父亲给他各种建议，他在电话旁竖起大拇指，然后挂掉。我们躺在沙发上，玩着遥控器，或者卷纸烟。电视机一直亮着，发出蓝色的灯光，守护着我们。在宁静的夜晚，我们仿佛住在一个外太空的胶囊里，距离人类生活百万公里。

一天晚上，马蒂亚斯在地毯上小心翼翼将开心果的外壳摆成一个圆。他突然开口说："我确信她肯定死了。"

我看着面前的墙深呼一口气。我已经习惯了——真的很奇怪，他是唯一跟我谈论我姐姐的人，但他是在她失踪之后出现的——每一次我都有同样的感觉，仿佛有人在我胸部放了一个火罐，为了把我的心给挖出来，那里盘旋着一只有黏性的怪兽。

"人们谈论过这事。"

每次当他提到这个话题，我们就陷入沉默。他把杂志上莎莫的照片剪下来，她的头像上写着"令人担忧的失踪事件"，温柔的笑容，头顶的光晕。这张照片让我头晕，在翻阅报纸时，我跌倒在地，还好这件事情只发生过一次。后来警察也似乎忘记了姐姐的存在。

我试着跟他解释过一次。我们抽的烟让我过度兴奋，我低声对他说："她没死，如果她死了，我会知道的。"他站起来，扶着沙发，眼睛发光。

"但她也没有活着啊！"她在空中（我在头顶上方做着手势），她无处不在——在湖面上方，在摇晃的芦苇丛里，尽管那里没有风。她就在水里，在鱼池里，在码头下面。我感觉到脑袋里的血液在涌动，意识到自己越来越激动，说个不停。有时候她会化身成天鹅。我去布满鹅卵石的沙滩上等她，过了几分钟，她就出现了，游得很慢很慢，她的眼睛盯着我。我低下头，看着马蒂亚斯的脸。我知道那是她，她也知道我知道。

他一动不动，嘴巴轻轻张开，然后意味深长地说了一句：

"你完完全全疯了。"

还有一次，我看见他在莎莫的房间里，躺在床上，穿着巨大的鞋子，像是要去远足。我大喊一声："滚下来，浑蛋！"他木然地滚下来，然后站起来，动作很慢，像是在说他不接受我的命令。房间里，照片被人用图钉钉在书桌上方的墙上，上课的书和笔盒摆放得整整齐齐。照片微微卷曲。"呦，她长得真不错啊，金发美女啊。"他把脸凑近了相片上莎莫和吉尔的脸。

他看见了我的脸，然后退缩了。

我们安静地从房间里走出来。我轻轻地关上门，仿佛身后有个小宝宝睡着了。

事实上，马蒂亚斯让我很吃惊，他看起来什么都不关心，不管是过去，还是将来，他总是一副嘲讽的面孔，摆出高高在上的姿势，就像是站在海角高处俯瞰众生。

他带我去见他的一个朋友，一个蓝色头发的女孩，耳朵上戴了很多耳环，住在赛维特的塔楼里，在那里实施招魂术。她之前属于一个帮派，还在大－萨孔内中学读过书，那里的墙上有着一条黑黑的痕迹，就像是火灾留下的，这块被人遗弃的喧闹之地就像某个东欧国家。除了蓝头发的女孩，还有一个胖胖的女孩穿着黑色的衣服，一个男孩穿着破烂的 T 恤，另一个男孩的 T 恤上是列宁的头像，还有一个男孩的 T 恤上写着"撒旦服务站的小孩"——这句话在我看来非常不合时宜。他们的脸上没有任何表情，看起来很成熟，跟马蒂亚斯一样。他们似乎已经去过了成人的世界，又带着失望之情从里面走出来，继续前往神秘的地方旅行。

整个公寓陷入黑暗之中，只有蜡烛的一点微光。石膏像给人一种威严的感觉，它本来是悲痛的眼神，但在蜡烛的微光下变成了斜视，仿佛不在乎围观者的目光。

他们抱着狐疑的目光看着我，蓝色头发的女孩，人们叫她妮可（比妮可尔好听），看了我一眼，算是打了个招呼。我明白马蒂亚斯跟他们提过我，她双手握紧了我的手："关于你姐姐的事情，我很抱歉。我们一会儿跟她交流一下。你知道的，我们已经成功地跟很多人交流过。例如约翰·本汉姆，他就经常来。他很酷。"我看着她，不太明白她说的是什么，只能回她一个微笑。她递给我一碗盐，在桌子周围画了个圈，她说是"为了赶走恶灵"。

我们围坐在桌子旁，传统的矮脚桌看起来很轻，随时会因为一点点动静跳起来。我们把食指放在一个倒过来的玻璃杯上，杯子四周是拼字游戏的纸板。妮可在桌子上画了个十字，仪式开始了，她低声说了几句拉丁语，好像是女低音附身："鬼魂，你在哪儿？"但什么都没发生。

桌子下的烟很熏人，马蒂亚斯开始冷笑起来，但仪式的女主人瞪了他一下，他顿时收住了笑容。我们就这样坐在那里，不知道过了多久，我听到隐形的钟在嘀嗒嘀嗒，感觉到邻座的女孩传来的热度。我的手指都麻木了。突然，玻璃杯动了起来。我旁边的女孩发出了痛苦的呻吟。

妮可——蓝色头发被蜡烛的烟雾笼罩，就像是头发着火了——抬起头看着我。

"本杰明，你想呼喊你姐姐吗？"

我迷茫地看着她，但身边的人都在附和，我突然大喊一声："莎莫？莎莫，你听见我了吗？"

我记得跟姐姐用对讲机讲话，有时候相隔几百米远，我们的声音很激动，就像是从外太空传来的，过分真实。

玻璃杯指向字母 O-U-I（是的）。

大家都在惊呼神奇，我的心扑通一跳。

妮可精神抖擞，在黑暗中我感觉到她的兴奋和专注，她身体里某股热流一直传到了指尖。她满怀希望地看着我，我一下子结巴了。

"你……你还好吗？"

"是的。"

妮可更加激动了。

"莎莫？你在哪儿？"

"在……"

玻璃杯转得越来越快。

"你的……屁股里。"

妮可一下子把手指抽出来，仿佛杯子着火了一样。马蒂亚斯
和他的同党们冷笑着。她站起来去开灯，看着我，声音里满是
埋怨：

"这样没用。我们很明显不在一个频道上。"

然后她去了厨房，这场超能力冒险就这样结束了。又一次，
我没有办法融入其他人的圈子里。不管是愤世嫉俗的人群，还是
神神道道的一族。至于我姐姐，她似乎来过。马蒂亚斯说感受到
了有人在场，在他脖子旁呼着气，还有头发被拨动的感觉——但
也许这只是灯光在熄灭之前给人的错觉。

我爸妈见过几次马蒂亚斯，我可以从他们的脸上，特别是父
亲的脸上，看到鄙夷之情——这个男孩子留着长发，戴着耳环，
还有瑞士口音。第一次，我父亲还强颜欢笑跟他打招呼，但我熟
悉那种目光，当马蒂亚斯伸过手来时，他的眼睛闭上了，甚至没
有从沙发上站起来。

"我为什么给你选了日内瓦最好的私立学校。"一天晚上，父
亲在盘子里用叉子戳来戳去，以最慢的速度摆放肉块。他抬起头
看着我，目光变得混沌，然后又逐渐清晰。

"我希望你能解释一件事情。"

他抬起头看着天花板，然后又低下头看着我，笑了。"我们在

佛罗里蒙认识了那么多人，比如德拉穆拉兹的儿子，小贝尔吉，他去年参加了湖上金杯赛。还有皮克特家的儿子们，你记得我们跟他们在维毕尔滑过冰，这些优秀的男孩子都爱好运动，你要怎么解释你居然跟这样一个笨蛋一起打发时间？私底下说，这个马蒂亚斯就是个笨蛋，不是吗？”

父亲看着我。

“本杰明，你笑什么笑？”

知道自己居然笑出声，我也呆住了。毫无头绪，意识到自己再一次让他们失望，他们已经失去了那个最有前途的孩子（优秀的，爱运动的，超出想象地有教养），面对他们无法言语的痛苦，我选择闭嘴，只能回复一个不怀好意的微笑——一个笨蛋的微笑。

我嘀嘀咕咕，低声抱怨的嗓音就像是另一个人，一个在房间里避难的孩子。

“我不知道……我们相处得很好。”

父亲皱了皱眉，他对我的傲慢和愚蠢感到很吃惊。

冬天最后的几个月里，马蒂亚斯·罗赛和我在一起过着懒散与麻木的生活，没有底线，更没有成年人管教。那一年的雪下个不停，大片的雪花在空中飞舞，在落地之前就融化了，带走了我的父母，但也许他们就在我们身边几步路的距离，也许大雪和寒冷将他们藏起来了。

今天，莎莫似乎附上了我的身体。我在北风中看见了她，在来自湖面的反射，还有天鹅的眼神中看到了。但事实上，她并不在别处，而是在我的身体里。一种奇怪的寄生模式，我开始在下午时分逃课，去大街上晃荡，坐在旧城区的长椅上，倒空大瓶子，里面混合了金酒和果汁，这种行尸走肉的行径让父母坚信他们的孩子——昨天还会用铅笔画心和写诗——今天已经消失，被一个陌生人取而代之，仿佛是被闪电击中发生了异变。

（我快要蒸发掉了吗？也许我已经消失了，过着浑浑噩噩的日子，还没有意识到其实我已经消失了。）

我跟姐姐做一样的事情，然而，却没有一样的效果。母亲并没有开口，跟披肩事件不同，她没有说出不喜欢我现在的样子。父亲也没有拉住我的胳膊弄疼我，或者把我扔在床上。也许，他们的悲伤和苦痛都随着莎莫的离去而消逝。也许，他们从没有对我寄予希望，母亲笑着说，从我出生开始，我就很丑，以至于在深夜时分，她会穿着长长的睡袍，在走廊里走着，希冀找回她真正的宝宝，那个属于她的真正的婴儿。

一天晚上，我看到马蒂亚斯手心有一块方形的粉色纸板。我们坐在旧城区的长椅上，被细细的灌木丛包围，那里还散发出尿味。他笑着摊开手，露出了牙齿，一副无害的神情，就像是会咬人的狗。

我把纸板放在舌头下面让它融化。马蒂亚斯默不作声，观察坐在克雷芒斯酒吧的学生，我们听见他们在笑，杯子在碰撞，他们既亲切又难以融入。我们跟他们的世界好像被柔软的薄膜隔开了，我们一接近就被弹开。我盯着马蒂亚斯耳垂上的钻石，它在黑暗中闪闪发光。什么都没有发生，但这也很正常，不需要期待任何事，也不需要害怕任何事。就像是松了口气，把某个生物关在了橱柜里，打开抽屉，发现它已经变成干瘪状，或者化成了灰。

突然，马蒂亚斯很想骑车。他发动了电动车，我坐在他身后，默默无言。我们很少说话，直到今天，我都有种奇怪的感觉，我们并不是什么都谈，我们大部分是靠心电感应，只有我们两个能懂。

他从湖边开过去，风出奇地热。路面在发光，上千个路灯像被点燃了一样。远远地，街道的尽头似乎与天边连在了一起。我贴在马蒂亚斯的背上，胳膊环绕着他的身体，感觉到难以言喻的信任和感恩。他带给我的信念，至今还发着光，就像一个热气球发出刺眼的光。

我们不知道开了多长时间，无数个想法在我脑海里闪现。它们有着不同的名字：真相、回复、安宁。它们似乎就在伸手可及的地方，挥舞着翅膀向我靠近，发出窸窸窣窣的声音，在我眼皮下，围着我的眼球转圈，然后消失在阴影中，回到虚无。

突然，这一切结束了。马蒂亚斯把电动车停在了人行道上，关掉了马达，把脚放在地面，然后轻轻推我下车，他的背挺直了，我才明白我们又回到了旧城区。在我们身后，就是克雷芒斯酒吧，酒吧被彩色的光晕包围，像是一道巨大的北极光。

我觉得很不舒服。下巴的肌肉很紧张，后脑勺也痛，牙齿咬得紧紧的，感觉有人在里面打洞。我突然感到一阵悲凉，也许我永远找不到答案，连问题本身都很难触及，它们消失在黑暗中，变成了黑暗的一部分，恐慌再次笼罩了我，还夹杂着对马蒂亚斯的怨恨之情。

我把手放进头发里，坚信某件不可避免的事情即将发生。在远处，有几个影子朝我走来。她们互相牵着手，穿着大衣，毛领子跟头发混在一起，让人感觉她们是一半熊一半女人。

马蒂亚斯从长椅上跳下来。

"见鬼了，那不是你姐姐的女伴吗？"

就像是在真正见到她之前，已经见过了她。女孩子们是游动的火焰，看不清脸的优雅的动物。她的手抚过了脸颊，黑色头发反着光。我预见了她的到来，还有离开，几乎是瞬间完成的。时间变得如此漫长，失去了弹性，在缝隙之间，在女孩子们一个接一个的脚步之中，在颈背的动作和吞吐烟雾的嘴巴之间，我的眼睛尽力聚焦，在我内心深处，清楚所有将要发生的事情。

吉尔被两个我不认识的女孩子包围着，我的心跟时间一样跳得很慢，马蒂亚斯朝她们走过去。

"嘿，吉尔。"

她转过头，在这个永恒的瞬间，我知道我永远不会原谅马蒂亚斯。他用这种玩世不恭的态度抢走属于我的东西，好像她没有任何价值似的，他开口叫我姐姐最好的女性友人，让她微笑着靠近——我看见她美丽的面孔转过来——她朝他走过来，靠近他的脸低声说着什么。然后，莎莫突然出现在黑暗中，把她的手放在吉尔的肩膀上，仿佛是为了生活可以重新开始而原谅了她。他们朝酒吧走过去，马蒂亚斯在女孩子们中间，被簇拥着，头顶上方是令人疲惫的未来。我感觉他把手伸进了我的身体，抚摸着我的心、肝、肺，用他啃过的手指甲给它们挠痒痒。

吉尔吃惊地抬起了眉毛，仔细端详微笑的马蒂亚斯，嘴唇翘起，眨巴的眼睛透露出她跟这个男孩不同寻常的互动。

然后她看见了我。

她看起来很吃惊，接下来是一系列复杂的表情：首先是害怕——一种难以捉摸的退缩，两个女孩紧紧贴着她，裹紧了身上的大衣，他们的头发交织在一起，好似森林里的鸟窝——然后是疑惑和后悔——但这个瞬间比较短，也许只是我内心的投射——最后是困惑、尴尬和疲惫，以及想要离开的欲望。

"吉尔，你还好吗？听说你过得还不错。"马蒂亚斯继续说。很难判断他说出这句话是为了展示其风度，还是拙劣地想表现得很委婉，又或者是某种激进的嘲讽，甚至是指责。

我退缩了。似乎不可能抑制住马蒂亚斯的热情，同样也无法合上吉尔的眼睛。我猛地跳起来，几个小时前我是无法做到的，只有愤怒才能使我如此爆发，我摇晃着马蒂亚斯，双手以不协调的方式晃动着。我听见一个尖锐的声音叫骂着："你闭嘴，你闭嘴，你闭嘴。"我突然意识到这是我自己的声音，不知道从哪里冒出来的声音，内心深处未知的地方。但马蒂亚斯不听我的，他像一条蛇一样滑动。突然他跳到了我上方，坐在我身上。他开始打我，他的拳头比我的耳光厉害，我的下巴、脑袋都炸裂了，我感觉左眼下方的骨头碎了，他的拳头一下接一下，就像是在打沙包，我嘴巴里有血的味道，跟一个吻一样令人心安。

然后是漫长的坠落、失重的旅行，远处是晃动的画面和爆炸的光。

　　我的意识结束了漂流的状态，回到身体里。这具痛苦、陌生的躯壳，如今住在一个房间里，对面是一个穿衬衣的男子，额前的头发梳得很光滑，不知道是因为涂了发膏还是因为汗水。我好像认识他。在墙上，他的头顶上方，有人用黑色记号笔刻了一个词——"×"，看得出来人们试图擦掉这个词，虽然颜色已经掉了，但字母的痕迹越发明显。

　　男子弯下腰，递给我一个包裹，那东西又重又冷，被蓝色塑料纸包裹着，看起来像是冰冻的小动物。

　　"这是冰块，你受伤了。"

　　我想起来他是谁了。他就是在莎莫失踪之后来我家的警探之一。他盯着我看，让我很不舒服，仿佛他能看透我的内心。

　　"让－菲利普·法夫尔也受伤了。你知道他的父亲想提起诉讼吗？"

　　我吃惊地看着他，冰袋在我脸颊上起了镇定的效果。

　　"让－菲利普·法夫尔？"

警探从椅子上站起来，他看起来非常累。

"你不记得了？你昨晚到底怎么回事？"

我看着他，什么都没说，意识到我可能是在警察局，或者是监狱里，我到底是证人、犯罪嫌疑人，还是罪犯？我在想我的生活是否总是这样，从一个房间到另一个房间，越来越脏，越来越小，在那里，狡猾的警探头顶写着"×"。

他看着我，叹了口气。拿起面前的纸，那应该是还没写完的报告。

然后他帮我梳理了我昨晚的时间线，或者说是本杰明·瓦斯纳的前一晚，这个名字用大写字母印在他手中的书页上，像在报告里多次出现的阴影。

很显然，这个本杰明·瓦斯纳在几个小时前还过着野蛮的生活，他摆脱了束缚，全身心投入疯狂的生活中。昨晚，十一点左右，这个本杰明·瓦斯纳跟年轻的马蒂亚斯·罗赛在柏德弗广场上打了一架。年轻的马蒂亚斯·罗赛也是受害者，他试过反抗，但徒劳无功。然后这个本杰明·瓦斯纳洗劫了克雷芒斯酒吧（他推翻桌子，把椅子朝证人身上扔，一名年轻女子玛丽昂·杜普雷声称头皮受了皮外伤），然后酒吧里的年轻人认出了这个本杰明·瓦斯纳——其中就有让－菲利普·法夫尔——他试着去安抚他，跟他好好说话，但这个本杰明·瓦斯纳似乎已经陷入疯癫状态，跳到让－菲利普·法夫尔身上，开始对他拳打脚踢，造成他眉弓受伤，必须马上送到日内瓦的医院看急诊，接受外科手术。到达现场的警察们在警告过这个本杰明·瓦斯纳无效之后，终于用武力控制住了他。

我在侧墙发现了另一个涂鸦，有人用笔写下"我在那里"。我很羡慕写下这句话的人，他可以证明自己的存在，我却没法这么确定。探员的眼皮看起来很沉重，他长时间保持沉默。他是睡着了，还是在思考人生的意义？或者说他实在搞不懂在这场令人疲惫的暴力事件中暴走的年轻人。

我自己也感到很累，奄奄一息，身上到处都是伤口，又饿又困。

警探没有提到吉尔。我试图相信她什么都没看见，她在深夜里晕倒了，两个女孩围在她身边，我有种恶心的感觉往外涌，警探看着我，一副不要忽悠他的表情。

现在是早上六点钟。

"你不记得了？"

"是的。"

警探的眼睛盯住了我紧握着的双手。

"这不是因为你的姐姐吧？这些闹剧？"

我突然想吐。

他似乎针对这种可能性思考了很久，随后才站起身来，以比我想象的更柔软的方式，轻轻地离开了房间，带上了身后的门。我猜想他会去拿武器来打我，或者是去拿其他可以证明我有罪的材料。我想象他抓住了我的手，把我拉到路边，来到灌木丛里，在那里对我做很可怕的事情。我知道我会非常顺从地跟着他，然后就再也回不来，余生一直背负着这样一件事情。

当警探开门时，我吓了一跳。他拿着一杯热巧克力，那个塑料杯子在他手里看起来很小很滑稽。他把杯子放在我面前的桌子上，然后躺在他的椅子里。

"我是阿尔瓦多·阿比奇。"他对我说。

他看起来很疲惫，眼神很温柔。我在他眼睛里看见了一道光，但那可能是一个陷阱。

我被深深震撼了。

"为什么是因为我姐姐？"

"她失踪了。你就在现场，想到这件事就很难过，觉得自己……摆脱不了干系。"

他从裤子口袋拿出一包皱巴巴的烟，在桌子上玩弄那包烟，眼睛一直盯着我。

我感觉他用一根绳子牵着我往前走，一开始比较松，突然一下子拉紧了，把我拽进了灌木丛里。

"然后，你的父母……"

"我的父母怎么了？"

我被自己的声音吓到了，我也许在大声叫喊。他看着我背后墙上的画面。

"我们总能找到那些人的，你知道。他们总会在某次作案后留下痕迹，打了一个电话，或者在超市里被人认出来。"

我很想睡觉。他腋下有出汗的痕迹。

"当然，如果没有任何迹象，或者任何行动……"

警探叹了一口气，仿佛这个想法不太讨人喜欢。他突然低下头，看着我。

"无论如何，人不会就这样消失掉，消失总是有原因的，而且很多时候其实很简单，就在伸手可及的位置。"

我看着我的手放在自己的大腿上。

父亲将近八点才到，头发乱糟糟的。这段时间在我看来好像过了一个世纪，我不再是之前那个我。父亲看起来有点陌生，我闭上了眼睛，墙上的句子"我在那里"和"×"重叠起来了。

父亲笑了，眼窝很深。他主动跟警探握了握手，但这种姿态不具威慑力，因为无法与任何东西抗衡。他甚至没有看我，他的眼睛直接穿透了我，好像在寻找房间里最黑暗的角落。

"很抱歉，警长。年轻人……"

他皱了皱眉，带着一股嘲讽的意味，但警探没有回复。

"我跟帕特里克·法夫尔打了电话。他不会起诉。我们是朋友。"爸爸补充说，很明显这句话激怒了阿尔瓦多·阿比奇。

父亲往前走了一步，把手放在我肩膀上。

警探叹了一口气，站起来看着我。他似乎故意忽视了父亲的存在，这让我很紧张。

"如果有需要，可以打电话给我。自己小心点。"

"我觉得没必要小题大做，你也有过十五岁，不是吗？"父亲说道。他使劲捏着我的肩胛骨，一直在微笑，但眼里的微光看不清了。

我艰难地爬上了车子，整个身体都很痛，汽油和皮革的味道混在一起，让我恶心。父亲一声不响地开着车，我们都看着远方。湖面跟路面一样灰蒙蒙的，泛着微光。湖水仿佛没有边界，挡风玻璃前面就是那片湖，后视镜里也是。在远处，黑色的小人儿从巨大的电动船跳到水里，就像是潜水员潜入海底寻找被海藻包裹的东西。

"爸爸，我想我要吐了。"

父亲突然刹车，车子靠在了路边。我打开车门，在湿漉漉的地面翻滚。我感觉到清新湿润的空气，然后跪在地上吐了一口热巧克力。我实在太累了，跪倒在地，那里看起来像是舒适的藏身之处。

父亲开车跟在我后面。

"你怎么能这样对我们，本杰明？"

草弄痒了我的脸颊，我听见他愤怒的声音，仿佛他在很远的地方，在跟另一个本杰明说话。对此，我无动于衷。

"你有没有想过，我是怀着怎样的心情给帕特里克·法夫尔打电话的？我是如何摆低姿态，去讨好这个浑蛋的？"

他的声音很大，在颤抖。我继续在地上翻滚。

"你可不可以稍微为其他人着想一下？一秒钟也好？"

我把脸埋在草里，感觉睡在潮湿的怀抱中，嘴里有湖水的味道，那些居住在水里的生物的臭气浮出了水面，它们睁开了玻璃一样的眼睛，张大了嘴巴，那里比他们身处的黑暗还要黑。

"不，你当然不会。你跟你姐姐一样自私。"

我感觉湖里所有的生物都在听着，风呼呼地吹，整个大自然苏醒过来，父亲保持沉默，我也平静下来。只要我待在草地上，受伤的脸颊和身体就没有感觉，我听到湖里的生物从烂泥里爬出来的声音，鱼鳃一张一合，没有爪子的身体在河岸上扭动。

最终，是父亲扶我起来的。我没听见他的声音，他的动作没发出声响。他一下子来到我头顶上方，用强壮的手臂把我从地面上拉起来，把我一直拖到座椅上，然后一脸焦虑地看着我，温柔地给我系上了安全带。

他坐在方向盘前，我们重新上路了，太阳照得路面的水坑发光，我在里面看见了一个微观世界，心里满是对父亲的爱。

我把手放在他的前臂上。

马蒂亚斯·罗赛回来上课时，一只眼睛乌青，嘴唇肿胀，没跟我说一句话。他的眼神直接穿过了我，盯着我身后的窗户，或者是我头顶的灰尘，我迷失在自己的想象中。

我在走廊里感觉到他的存在，还有教室里他投到我背上的视线，但是当我有勇气回头时，他跟邻座在说笑，或者用圆规刮桌面。有一天，走进厕所时，我看见他站在镜子前，扯着耳朵上的钻石。眼睛上的淤青已经变成了黄色，而且往下延伸，让人以为他把脸也摔伤了，看起来非常可怜。他穿了一件褪色的 T 恤，穿这种 T 恤的人在佛罗里蒙会被归为穷人的行列。我觉得自己的嗓子很紧，想往前一步，但有人进来了，一个大个子解开了牛仔裤的扣子，开始大声地撒尿。马蒂亚斯·罗赛脸转过来对着我，我在他的眼睛里看见自己扭曲的脸，他每个瞳孔里都有一张苦悲的脸，他的身影也倒映在我的眼睛里，我往后退，往走廊跑去。

六月，马蒂亚斯·罗赛永远离开了佛罗里蒙。

从那以后，我们再也没说过话。有时候，他会对我点头示意，我感觉心脏在怦怦跳，瞬间有一种快乐，但他突然想起来我是谁后，又立刻把目光移开。我看见他跟蒂博·德·普拉兹一起玩，那个家伙留着长长的亚麻色金发，他在花园里养了一条响尾蛇。他们从我面前经过，我深陷在椅子里，摇晃着我的酸奶，感觉比以往更孤单。

他的离开似乎证实了一条宇宙真理：人们会相继消失在我的生命中，事实便是如此。有些人一直在那里，特别是你最爱的那些人，然后一个接一个消失，没有缘由。他们一开始还在，但突然就不见了，整个世界照常运转，完全不受影响。

接下的几年我的世界是一片惨白，奶油色的白雪，一望无垠。

当我试图回想起 1994、1995、1996、1997 年时，只有寒风从我脚下吹过，它们吹进了我的内心，陶博医生看着我，就像一个老师在耐心等待一个智力迟钝的年轻人的答案。我感到手指发麻，迫不及待想睡觉。

在那个年代，我看过很多心理医生。比如旭勒医生，这个胖胖的夫人扎着一个非常紧的马尾辫，看着她我头皮都痛。

"本杰明，今天你有什么想说的吗？"

她的笑容就像是刀刃。

我耸了耸肩，躺在铁椅子上，脑子里想的全是电子游戏。

然后还有催眠师柯蓝先生，他让我躺在工作室粗糙的地毯上，进入放松的状态，但我做不到，他只需要说出这个词，我就进入了恐慌的状态，想大喊大叫，或者拍打什么东西，甚至会打柯蓝本人。他让我将鼻子吸入的空气具象化，然后是喉咙、肺部，我看见了沙子、黑水、昆虫，我感觉自己要溺水了，只能大口大口呼吸。我在旁边的房间等待，柯蓝先生穿着松松的睡裤宣称："我想在情感障碍测试里加入一项有意识的步骤。"然后我听到了母亲细微的声音："有时候，我感觉他想让我们付出一些什么代价。"我很吃惊，我不知道这是什么意思，只能不再让他们失望。

还有科比斯基医生，他闻起来就像消毒水。他说什么"忧郁是天赋"，他从内心深处渗出来的忧郁，让他眼球突出，皮肤干燥，就像是晒干的食人鱼。我感觉他跟其他的鱼一起在装满了食盐的大盆子里泡了好几个月，嘴角有相同的褶皱。

还有一位从事触摸疗法的女士。她让我脱掉 T 恤，躺在一张被南美布料覆盖的床上，然后用冰冷的手指抚摸我的背，一阵风从门缝钻进来，我感觉这是那些在外面等待的孕妇的呼吸，她们一副筋疲力尽的模样，目光里充满敌意。

姐姐失踪一周年的时候，母亲被电视台邀请去做采访。我很吃惊地得知，在采访过程中，有电话证人说在纳沙泰尔或者苏黎世见过我姐姐，然后就没有下文。我同样惊奇地发现原来是母亲，而不是父亲，喜欢在大众面前发言，皱着眉毛，疏离的笑容，如此完美的沉思，就像是付出了极大的努力跟采访者保持同步，或者是准备去瑞士电视台参加《新闻直播》——几个月来，母亲没有提到过莎莫的名字，没有以任何方式提到过姐姐——当我在屏幕上看见她，她有着粉色的嘴唇和脸颊，看起来跟她女儿一样年轻，她女儿的照片打在大背景上，是一张我不认识的照片，谁给了他们这张照片？谁决定用这样一张没有修饰过的照片？我有种眩晕感，非常佩服记者们的本能。

我看见屏幕上的母亲，她打扮得精致耀人，双腿交叉，双手优雅地放在腿上，有时候手随着说话的语气做着相应的手势，她优雅的身形嵌入身后大背景上莎莫的脸中，就像是从莎莫的嘴巴或者梦里走出来的一样。

采访的主持人是一个金发帅哥，头发梳得整整齐齐，看起来非常年轻。他看了一眼材料，微微点头，然后抬起头看着母亲，身体往前倾，感觉都要够到地面了。

"瓦斯纳夫人，我想这是您第一次公开讨论您女儿的失踪事件，到今天刚刚一周年。"

母亲表示同意，聚光灯下的她就像是一个迷茫而耀眼的年轻女孩。

她的眼睛在发光，她紧张地玩弄着裙摆，让人想拥她入怀，或者是大叫。

记者白白的牙齿在闪光，继续讲述故事："难以承受的神秘事件。"母亲时不时点点头。她看起来满心感激，就像是他们如实说出了她心中所思所想。记者念出姐姐的名字："莎莫，莎莫。"不停地重复，就像是他认识她一样，就像他经历了这一切。

我的眼睛没法离开电视，我看见母亲对着摄像头，灯光打在她的脸上：

"如果你们知道什么，如果你们能帮助我，拜托了，请告诉我们。一位母亲不能不知道她孩子的去向……这让人无法承受啊！"

一串电话号码闪着光出现在屏幕下方，屏幕上姐姐的脸被放大，好像重获了新生。

我对陶博医生说，我什么都不记得了，这些年总结起来就是一串让人压抑的治疗和一段电视采访。他皱了皱眉，叹了口气，盯着桌子，想找什么东西，或者只是被皮革的光所吸引。

"本杰明，你说你不记得，但你又证实了你有着惊人的记忆力。"

我耸了耸肩。陶博医生看起来非常疲惫，我感觉他因为我的案子累坏了。他甚至不再针对我的梦提问，我们轮流讨论了关于莎莫在水里或者空中穿着蓝色睡衣的梦，他也许厌烦了等我自己洞悉这一切，他也许知道了这一切都没有个所以然。

"你知道的，人类大脑有着强大的存储能力。它什么都能记录下来，不会删掉任何东西。"

他笑着，带着慈爱，又有些分心。

"本杰明，有些事情就在那里。"他把一根手指指向太阳穴来强调自己的观点，然后站起来陪我走到门口，露出让人放心的微笑。走廊看起来非常窄，我回头时，他还在那里，在阴影里朝我微笑，他的食指指向太阳穴，嘴里在说着什么。

我走出诊所，光线很刺眼，我再也无法承受夏天的骄阳。我在城里走着，感觉街道跟走廊一样，越走越窄。于是我越走越快，远处传来的声音像是来自山谷，或是溶洞。其中一个威严的声音说道："本杰明，有些事情就在那里。"另一个比较虚弱接近乞求的声音说道："一位母亲必须知道她孩子的去向。"我抬起头，意识到自己已经走到了罗什大街。

那条街的尽头就是玛丽娜·萨维欧的家。

我必须去看看他们家的房子。这份冲动无法抑制。一想到这座房子会被夺走，或者消失在时空中，我就很恐慌。凌乱的树木，深深的游泳池，苔藓的颜色，不透明且脆弱的东西从我们身边流走。

当我们不再拥有记忆和情感，我们唯一能做的就是寻找遗迹，在地里挖洞，给化石抹去尘土。就算如此，我们也无法找回，无法触及曾经的生命轨迹。

我越走越快，牛仔裤和黑色的T恤都湿透了。我跑到路的尽头，看见了指向那栋房子的小路，房子被一堆发光的建筑物和现代化超市包围着，显得格格不入。我眼前的景象就像是另一个城市，或者另一种生活方式的遗迹。大门是敞开的，门上的金属脱落了，郁郁葱葱的树丛没有我记忆中那么浓密。古老的大房子的墙面还是那么光亮，看到这样的景象，我内心涌起自由和希望。

我的脚陷到了地里。我朝台阶走去，在矮矮的石阶上，我仿佛看见了玛丽娜·萨维欧和我母亲在暮色里懒散地抽着烟，在露出来的大腿上留下了烟灰。

跟以前一样，还是玛丽娜·萨维欧开的门，她穿着嬉皮士的裙子，头发凌乱，不长不短。

她看着我，眼神里有些不确定。

"你好，玛丽娜……是我，本杰明。本杰明·瓦斯纳。"

她的嘴巴张成 O 形，眼睛越来越大，眼角的皱纹浮现出来。然后她往前一步，把我抱在怀里，我闻到一股烟草的味道。

我跟着她来到走廊，穿梭在纸箱和塑料袋之间。

"他们要拆掉这个房子，你知道的。为了建一栋十层的住宅楼。我们下个星期搬走，搬到香佩尔的一栋公寓，就在小学对面。"

她一直说个不停，仿佛我是熟人一样，我还是她记忆中那个十五岁的瘦弱的男孩子，而不是如今这个筋疲力尽、眼神空洞的成年男子。她试图安慰自己，她这种行为在我父母那一代很常见，光鲜的外表，压抑的情绪，就像是被困在玻璃杯里的昆虫。

我坐在丝绒沙发上，那里积攒了很多灰尘。玛丽娜·萨维欧坐在一把藤条椅上。我们的脚底是一堆堆杂志和印度布料，还有已经枯萎的植物。一切都是如此熟悉，回到过去的旅行是令人心碎的，我们一旦回顾过去，现实世界就分崩离析了。

我记得孩童时的我为什么喜欢来这里。这种衰退、遗弃的感觉，跟我家完全相反，就像这里上演着另一场对抗腐朽、肮脏和死亡的战争，最终以成为死亡本身而结束。

"我感觉很奇怪，想象一下这一切即将消失……"我说道。

玛丽娜·萨维欧点燃了一支烟，我看见她头上灰白的刘海。她的体形变胖了。这位美女有点野蛮的味道。

"很多事情都消失了。"她笑着说，完全听不出怀旧的口吻。

我感觉到她的目光落到我身上，我想喝点刺激的饮料，让自己一醉方休。

"你让我想起弗兰克。"她抬起一条腿，"太好笑了，我从来不觉得你们长得像。"

"他现在怎么样？"刚说出口我就后悔了，我预感自己要听到一些可怕的事情，或者说更糟糕的、一些琐碎无聊的事情，他的生活完全乱套了，跟我们想象的完全相反。

她往椅子里挪了挪屁股，好像我塞给了她一张垫子。

"还可以吧，我想，最新的消息是他住在里昂……或者是巴黎。"

她勇敢地笑了笑。

"我在想你母亲是怎么继续过日子的，你姐姐不在了……我不明白。你父亲甚至怪罪弗兰克，这真是太不合理了，他很伤心。但是她……其实我也一样。我甚至不知道自己的儿子在哪里。"

她怀着一股怒气，把烟在烟灰缸里碾碎了。我猜想她抽了一天的烟，她身边是快要死掉的植物和过期的报纸。

"你母亲还好吗？"

我感觉我们是在打一场球，你来我往。

"还好吧，我想。"

我们笑了。我们很高兴看见对方。我们跟我们的幽灵在一起，身后是淡淡的树木清香。

"我想她。我们在一起经历了很多事情。我们少女时期相遇了，那时候我一个人带孩子……"

我站起身，此时我应该表现出吃惊或者恐慌的表情。

"他们什么都没跟你说吗？"她敲打着万宝路的烟盒，抬起头来。"我以为在发生了这些事情之后，他们跟你说过了呢。"

"说了什么？"

我感觉到自己的声音很紧张，声带打了结。

我早就知道了，我被带入了一条黑色的河流，跟着水流走就能找到答案。她又点燃了一支烟，吐出来的烟雾有那么一瞬间遮住了她的脸。

"你的父亲不是莎莫的亲生父亲。"

我继续听玛丽娜·萨维欧讲，内心深处有什么东西在涌动。她的话在我耳边回响，我有一部分灵魂出窍了，另一部分还在酝酿着什么，在记忆深处翻找着线索，有些事情要水落石出了。

她对我说，她是通过我父亲认识了我母亲。她记得她迷失的表情，高高在上的笑容。她当时二十五岁，但看起来最多十六岁，大长腿，脸上的妆容像埃及人一样。在她身后，有个金发的小女孩在地毯上玩着硬币。

"你父亲深深地为她着迷，也很喜欢小莎莫。"

她来自巴黎，说自己是喜剧演员，当人们问她演过什么，她含含糊糊答不出来。没有人过问小孩子的事情。他们结婚了，组成了一对完美的夫妻。所有人都忘记了其实小女孩不是他的孩子。

当莎莫消失后，玛丽娜·萨维欧又想到了这件事。这件事就像是一根刺扎在心上，让她很不舒服，她又看见了在地毯上玩耍的小女孩，她试图不发出一丁点声音。她记得几年后，我母亲摇晃着香槟杯对她说，她这辈子只爱过一次，但没有成功。玛丽娜·萨维欧想到了我父亲，她觉得我母亲就是一个被宠坏的小孩。她似乎总是处于游离状态，越来越冷漠，看着女儿时的表情很奇怪。她听到我母亲对我父亲说："莎莫，你永远不会夺走她。"

"你的父亲很爱你的姐姐，你知道的。他是个很杰出的男性。"

我什么都没说，只是询问可否去散散步。

我们朝花园走去，那里已经是一片原始森林，一切都变了。像是有一块幕布盖住了整个宇宙，至少遮住了我的眼睛，这块幕布就像是一个梦或一个谎言。

远远地，我看见绿色的游泳池。两把长椅面对面放着，上面布满了松针，中间一摊黑水。似乎没有人来过，野草疯长。

我仿佛看见孩童时的莎莫弯下腰在水边捡一只瓢虫，弗兰克静悄悄来到她身后，把她推进水里，笑得像个疯子。我看见他们憋了一口气然后把头没入水中，苍白的手指挂在泳池边缘。我看见他们的影子，他们憋气从这一头游到那一头。

我没有自己在这个游泳池里的回忆。

水让我不能呼吸。水是冰凉的。玛丽娜·萨维欧双手叉腰，一副女船长的表情，在甲板上发布命令。

当我问她我是否可以游泳时，她转过头，颇具讽刺意味地对我说："那这就是我第一次见你游泳呢。"她朝花园里的阴凉处走去。我感觉她回到了过去，地面有一股发霉的味道。我记得湿漉漉的莎莫，她戴着塑料的潜水面具，穿着潜水衣，装出想亲吻我的样子。

玛丽娜·萨维欧从阴影下走出来，来到我身边，递给我一条已经发白的红色裤子。

"拿着吧，这是弗兰克的泳衣。"

胸口的水就像冰块一样凉。我深吸一口气，然后潜入水下。天色太黑，看不见水底，那里是海藻和珊瑚的王国。在难以想象的最深处，海藻和珊瑚随着水流在自由摆动，以水帘的方式打开了另一个世界，在那里人们可以在岩洞里自由呼吸和行走。

浮出水面时，我看见了玛丽娜·萨维欧的裙子，上面有一块模糊的彩色印记。我继续潜入水中，在瓷砖上滑行，在落叶和果皮之间穿梭。

我躺在栅栏上，就是莎莫和弗兰克当年盘腿坐的地方，闭着眼睛，像是在做瑜伽。

我在那里可以听到水流的声音，上千吨水在我头部流过。我继续待在水里，直到肺部没有任何空气，突然蹬了一下脚，又浮出了水面。

光线让我头晕。我吸了一大口气，仿佛我再也不是以前的我，也不是莎莫，或者弗兰克，我不是其他任何人。

"你现在变成了一个帅哥啊。"

玛丽娜·萨维欧递给我一条干燥的浴巾，我注意到她的眼神。她突然意识到我长大了，颇有兴致且狐疑地盯着我。我迅速穿好衣服，随后她看别处去了。

她送我走，我站在树荫下，不知道说什么好。她再次拥抱了我。

我转过身向她挥手示意，她的双手在胸前交叉，长长的头发有灰色的痕迹，感觉时间过得飞快，她身后的树叶和花都在飞速卷曲，房子也被草坪吞噬，游泳池在地面上消失了，水泥盖住了我们所有的秘密。

我完全不知道她是谁，她为什么对我说话。她看着我走远，有些眩晕，她也在反思为什么跟我说话，这个加速离开的陌生人是谁——湿湿的头发，驼背，他内心的风景迅速变了样，如同这个世界剩余的风景一样。

　　在大学的自助餐厅，一个女孩朝我走来，嘴唇上方的皮肤在发光。

　　"我跟一群朋友打赌说我可以让你笑起来。"

　　她用头指向远处的两个金发美女。

　　"你看起来真难过啊。"她咬着手指，笑着说，"不要让她们赢，拜托了。"

　　我笑了。她坐下来，把胳膊撑在桌子上，用双手捧着脸。

　　一切就是这样开始的。游戏的角色转换。世界变成一个装满血和荷尔蒙的母体。

　　那时我二十五岁。一下子，女孩子们都来关注我。我全身心投入经济学的学习中。曾经默默无闻且恐慌的个体，如今突然变成一个生龙活虎的个体，被皮肤、呼吸、唇膏、身体乳液的气味形成的雾气笼罩。

　　女孩子们不是叹气，就是朝我放电。她们的眼神里夹杂着好奇、温柔和折磨，仿佛她们在衬衣下藏着被感染的伤口。我不知道是不是因为她们看我的目光导致了这份浓烈的情感，以及这场出人意料的生物革命。我的皮肤仿佛裂开了，从里面走出了一个陌生的男孩。

　　突然，我的套头衫变紧了，牛仔裤也变大了。下巴上长出黑黑硬硬的毛，胸部正中央也是，让人想起森林里的野猪或者水貂。长时间以来我都以为那里放着我的心，似乎一只手就可以毫不费力将它取出来。眼睛下方的蓝色印记就像是黑暗的湖泊一样扩散开来。在阶梯教室里，我流着汗，女孩子们扎起马尾辫露出后颈，懒洋洋地伸展双臂，手上戴着哐啷哐啷响的银手镯。

　　我跟索尼娅开始约会，她是自助餐厅的服务员，一切都是自然发生的。她邀请我参加一场聚会。在一个空旷的公寓里，学生们在黑暗里跳舞，啤酒放在装满了冰块的浴缸里。这种场合每个人都不是孤身一人，但看起来都很寂寞。我不合群，坐立不安，但没有人注意到这一点，大家都在缓慢地行动。我很羡慕他们放松的状态，而我总是处于警戒状态。我听见嘻嘻的笑声，然后来到阳台上抽烟，感觉自己卸下了面具。索尼娅被聚会的人群推过来，趴在吧台上拿塑料杯子，然后来到我身边。

　　将近凌晨五点，我们来到她的车里。她开着车，一言不发，粉色的灯光打在挡风玻璃上。她把车停在我家附近，躺在后面的座椅上，伸直的手臂就像是在抓一份礼物，或是一个巨大的气球。

我的大学生涯跟这场聚会差不多，没有目的的行为，没有记忆的流动。我不再发怒，不再压力大，不再有负罪感。我的身体跟着节奏摆动，我的口头禅几乎消失了。早上沿着校园的巴斯蒂恩公园跑步，四周全是郁郁葱葱的影子。我听见心脏在黑暗里跳动。昏昏沉沉的大学生们穿过草坪去上课，头发里还有昨夜狂欢留下的痕迹。

记忆变得模糊。时间稀释了记忆。我们一次次重复让我们受伤的动作，我们一次次将透明的捕鱼网投入大海。

索尼娅离开了我的生活，离开的笑容跟来时一样优雅和叛逆。我在鞋盒子里找到了一些破碎的拼字游戏本，还有一些照片，里面的女孩子们对着镜头微笑。其中一个女孩子脱下了粉红色的内衣，另一个消失在她指尖的烟雾里。我不记得她长什么样，我完全想不起来。在一张格子纸上，人们写道："为什么，为什么，为什么？"

不管我的痛苦是什么，我已经把它们抛在脑后，或者是我将痛苦托付给这些拍照的女孩子。她们在我的课本里夹小纸条。

她们似乎坚信我内心的悲伤只有她们能消解。她们用手指温柔地抚过我的眼睛，或者化作夜晚的猛兽。她们用保鲜盒装着做好的饭菜，用保鲜膜包着焗意大利面，用锡纸包住煎饼或者一整只烤鸡。她们带着腼腆的笑容出现在我家门口，耳环晃动着。她们塞给我画了线的讲义，还有食物，就像是地下党成员在送武器，比如藏在厨房抹布下的手枪，或者是大衣里的刀，以此消灭我内心的悲伤。

我当然记得她们，葆拉认为拉康派治疗法可以解放我，安娜 - 索菲想带我去教堂祈祷，黛博拉用舌头把烟头吞下去。

出于各种阴暗的原因，她们在我的身上投射她们浪漫的幻想。我看见她们在空中飘浮。但她们的关心对我来说毫无用处，不过是身体里的荷尔蒙作祟，刺激我们去接近彼此，然后忘掉这一切。

在那个年代，我身边总是有一堆女孩子。她们之间传递着小纸条，或者是神秘的女性力量指引着她们前往同一个地方，就像是草原大迁徙。无论是自助餐厅、教室门口，还是国际法的课堂上，她们出现在我面前，找我要打火机。她们向我讲述幸福的必要性，在我怀里缩成一团。她们希望我跟她们讲述我的姐姐，她们想知道我的想法，询问我野餐那一天的经过。

她们听说过莎莫的事情，想象着她失踪背后的神秘故事，就像是在进行一场冒险。她们用充满异国情调的想象力，写着各种各样的脚本，试图解释姐姐身上发生的事情。她加入了太阳神庙组织，被一个疯狂的求婚者绑架了；她住在森林里，用弓箭捕猎……这些在我看来都是天马行空的猜想。

在那个年代，莎莫在我记忆中漂流到很远很远的地方。她不过是这个宇宙最小的分子，身处过去与将来的交叉部分。

"你应该很想她。"索尼娅对我说。她靠在我床头的枕头上，我完全不知道她在谈论谁。

我们失去的那些人到底去了哪里？他们生活在星球的边缘，还是我们身体内部？他们继续在我们身体里移动，呼吸着我们呼吸的空气。他们过去的痕迹都在那里，一层层叠加。他们的将来也在那里，就像是新生儿粉嫩柔软的耳朵。

在那个年代，莎莫只存在于女孩子们的意识中，一个悬挂在她们脑袋上方沙沙作响的地方。我记得安娜 - 索菲，还是卡蜜尔？有几次，我把姐姐的加州大学 T 恤拿给她做睡衣穿时，她会突然号啕大哭。

我把她拥入怀中，一方面想好好安慰她，一方面想使劲摇晃她。她的眼泪在我浴衣上留下黑色的痕迹，就像是雪地里的脚印。

女孩子们无法忍受我姐姐出事了这种想法。她们非常坚信她还生活在这个宇宙的某个地方，光是消失这种想法就让她们难以忍受。如果这个世界没有她们会变成什么样？天空中飞机飞过的痕迹，她们不会抬头看，草丛里有沙沙声，她们也不会走进草丛。这一切都会失去存在的意义。

她们优雅的姿势、爽朗的笑容，都证明了她们对自己的信心，在血液里流淌着对生活的信心。她们是永生的，我羡慕她们，同样也因此讨厌她们。

"她也许在湖底。"我耸着肩，嘀咕着。

下课后，我们来到一家爱尔兰酒吧的地下室。我喝完了酒，看着桌子旁三四个女孩子。她们再一次针对莎莫的失踪事件做出狂妄的猜测。她们几个就可以撕碎她的灵魂。她们眉头紧皱，就像是一群老学究集合在一起，试图破解一门消亡的语言。

我以最沉静的口吻说道："这是可能的。每天都有人淹死在莱蒙湖。"

她们向我投来痛苦的眼神，什么话都没说，熄灭了烟头，她们全部站起来，朝弹子机走去。我呆坐在那里，看着她们在机器前扭来扭去，眼神里充满了好奇，仿佛她们扔进去的电子币就是死亡本身。

当我回想起这段岁月，我看见一条波涛汹涌的长河把我带走，我选择不与其对抗。我看见一个熟睡的女孩，她的头发散落在枕头上，金色的发圈从我的脸颊扫过。另一个短短的栗色头发的女孩在睡觉，一条胳膊搭在大腿上，穿着 T 恤。不停更换的美好景象，随着季节的变换而变化。光线的变幻暗示着时间的流逝，一切如歌词一般梦幻。

这一切本来可以一直持续下去，没有终点。

直到那个夏天重新遇见吉尔。我一直在想，如果没有遇见她，我的生活会变成什么样子。

那是八月，我们有个小团体聚集在岸边，欣赏日内瓦节日的烟花。到处都是人，有的坐在矮墙上，有的站在路边，还有的站在帆船和摩托艇上。酒瓶和热狗肠从一座桥传到另一座桥。我们等着烟花发射的那声枪响。帆被风吹得鼓鼓的，撞到金属上发出啪啦啪啦的声音。

那艘船属于卡蜜尔的爸爸，卡蜜尔是一位金发运动员，我跟她约会过几周。有一个周日，我把她带到我父母家。她穿着一条缠腰式长裙，坐在草坪中央，露出了大长腿。我的父亲看着她，不禁感慨："天啊！"

他的声音因为骄傲而颤抖。他出神的模样实际上是在回想我的过去。

那个夏天，我跟其他人一样拿到了本科学位。未来就像是一块绸缎在你面前铺开，柔软而空白。

夜幕中响起啪啦的声音。火箭在黑暗里飞上了天，我们看见它们飞速划过天际。我们屏住呼吸，直到烟花再次绽放，此起彼伏、连续不断的亮片像雨滴一样落在水里。淡紫色的眼泪、银色的喷泉、橙色的银莲花和闪闪发光的彗星，一个多彩的世界在巨大深邃的天空中获得了生命。在热闹的天空的映衬下，湖面看起来分外阴沉和安静。

有烟雾的味道。人们靠在船的栏杆上，探出头去看烟花。情侣们手牵着手，抬头看着天空。

突然，我看见了她——吉尔，站在一艘帆船上，手里拿着一杯饮料，看着正前方。

长长的黑发被风吹起，融入黑暗中，就像是她把黑夜披在了肩上。黑色的 T 恤胸口很低，甚至可以看见湖水在她皮肤表面的反光。

她转过头看见了我。她的眼皮开始跳个不停。

我低下头，去找掉落的烟头。它在桥上滚着，我可以预见一场灾难即将发生——着火的帆船，整个船队会被殃及。

当我再次站直，烟头已经不见了。它人间蒸发了。搭车的人在深夜的国道上游荡。

我的呼吸越来越急，感觉这一幕似曾相识，一个熟悉的梦境，一个镜子走廊，每一个姿势都是重复过无数次的同样的姿势。

"你好。"

她就在那里，站在我面前。离我很近，我甚至可以看见烟花在她瞳孔里的反射。就像是一束花在绽放，或者是爱情的诞生。

她定定地看着我，让我很紧张。

"本杰明……我差点认不出你来，你知道的。"

她的眼睛忽闪忽闪。

"是吗？我变了吗？"

我摇头表示没有。

"你有喝的东西吗？"她问我，笑容如此温柔，我差点晕厥。

"晚上好？"

卡蜜尔出现了，她的胳膊抵住了我的身体，那天晚上的女孩子们都会瞬间移动。

我把她们介绍给对方。吉尔抬起雾蒙蒙的眼睛，塑料杯放在嘴唇边，卡蜜尔点了点头，冷淡地打了个招呼。我很吃惊，好像加入了一场跟我有关的战争。

第二天，吉尔给我打电话。但实际上我没有给她我的电话号码。她肯定把嘴巴贴在听筒上，因为我听到了她的呼吸声，就像是远方的风声。

"我想问你一件事。"

"什么？"

我头晕，只能靠在墙上。

"十年了。"

她突然叹了口气。

"我想回去看一下，那个野餐的地方，就在湖边。我想跟你一起回去。"

我肯定以最冷静的口吻回答了"好的"或是"没问题"，就像是她让我陪她去日内瓦海滩晒太阳。

我感觉手里拿着一份用纸包好的礼物。我还想起来一个指环，上面镶嵌了一颗大大的珍珠，是莎莫在西班牙沙滩找到的。当父母让她还给别人时，她扑倒在地，号啕大哭。妈妈的声音越来越尖锐，爸爸试图安抚她。

我又看见姐姐了，我把珍珠靠近我的眼珠，为了看清楚珍珠的内部结构。

吉尔穿着一条牛仔短裤和一件白色 T 恤。我在想，是不是这个星球上所有的女孩子都穿牛仔短裤和白色上衣，还是她想故意穿得跟莎莫一样，用这种方式向莎莫致敬，或者说想让我难受。

她在街道对面等我，正对房子的大门。她提着一个柳叶篮，戴着黑色的墨镜，看起来就像是一个少女，而我很难直视她。

我们沿着大街默默地走了好长一段路。这个夏天天气太热了，柏油路的沥青似乎都要化了。阳光太刺眼，而吉尔戴着墨镜，她的眼神让人难以捉摸。

她递给我一杯水，喝完之后，我嘴唇润润的。我同时点燃了两支烟，递给她一支。

远处的森林看起来无比通透，就像是一段混沌时光中的清新小绿岛。

在森林里，空气瞬间变得清凉。

"你还好吗？"

她点点头，把雷朋墨镜扶到了头顶，她的眼睛被不透明的雾气遮盖着。

"我有点冷。"

她勇敢地笑出声来。我笨拙地蹭了蹭她的胳膊。她的眼睛一直盯着我。

我们试着找到那个地方。我有预感，那一幕要再次上演，仿佛我的生活就是一场螺旋状的轨道，一连串向心圆被上帝不着痕迹地做了一些改动，跟七宗罪相关的游戏，两张一样的面孔，但不是她——鸟儿从天空消失，米色的凉鞋变成了红色，树木的影子消失了。

我什么都认不出来了。那里建了一个高速公路休息室，水泥桌子和椅子紧紧抓在地上。碎片撒满了地面，还有油漆留下的痕迹。我的嗓子涌上一股苦涩的味道，我想抽打自己。吉尔看着四周的环境，在一棵树后探出头，把一只手放在额前，凝视着前方。然后回到我身边，若有所思，而我无法动弹。

"就是那里，你认为呢？"吉尔问我。

我耸了耸肩。

"我不知道。"

我给她一个不耐烦的眼神。

"说到底，有什么不同吗？"

她的眼皮抖动了一下，张开嘴，似乎改变了心意。她叹了口气，朝森林看去。

"我们去湖边吧。"

她重新戴好了墨镜，然后转过身背朝我，大步向前走。

　　湖里的植物疯长，狂野的美丽让人不安。干枯的树叶上挂满了蜘蛛网，将湖水和天空隔开。蜻蜓在水蓼上盘旋。芦苇丛弯下身欣赏它们在水里的倒影。

　　吉尔走在我前面，没有回头。她留给我的后背代表着她无声的指责。

　　我觉得自己很脆弱，不堪一击。

　　她最终放慢了脚步。我匆匆赶上她，肩并肩走着。潮湿的地面离河岸越来越近。她突然转过身，满脸怒气：

　　"你怎么这个样子呢？"

　　"什么样子？"

　　"很冷漠，很无情。好像你对什么都不在乎。"

　　我笑了起来。

　　"我很冷漠？我不在乎？"

　　我很想解释，但只能笑出声——这会让人觉得很轻蔑。我的手指在短裤的口袋里玩弄着打火机。

　　"你看起来一副无所谓的样子。"

　　她在空中挥舞着手臂。

　　"来到这里，回忆过去。"

　　她看着远处，抬起了下巴，试图控制住自己的情绪。

　　"我无时无刻不在想她。想到那一天，想到我们看不见的，想到我们错过的一切。"

她低下头看着我，略微哽咽。

"我不知道你是怎么做到的。"

我拿出了万宝路的烟盒，动作很慢，点燃了一支烟，然后转过来检查烟头。

"不，你没法知道我的想法。"

我的手指在颤抖。吉尔帮了我一把。她低声说道：

"听说你不想她。"

"你怎么知道？"

我的声音因为愤怒而颤抖。

她的眼睛一下子放大了，充满了害怕和痛苦。

"你，她最好的朋友？你，完美的女孩？那段时间你又在哪儿呢？这些年来，我的父母试图不发疯。她的房间是空的，她的座位是空的，她的球鞋还在大门口放了好几个月。太可怕了，突然有一天，鞋子就不见了，这简直是雪上加霜。"

我重新笑出声，就像是被剥了皮的动物发出嘶叫声。

"是的，你想她。你一直在想她。真是让人好笑。吉尔，你跟其他人一样。你抛弃了我们。你继续过着小公主的生活，仿佛我们都不存在似的，仿佛看不见我，当我们在城里遇上时。你走得远远的，越远越好。你跟我们没关系，你没想到我们。没想到我姐姐，没想到我。连该死的一秒钟都没有。这就是事实。"

吉尔往后退，仿佛我嘴里吐出的话是一块块玻璃。

空气因为炎热而凝固，昆虫们在风中打转。我想躺下来。吉尔抓紧了她的包，仿佛里面装着最宝贵的东西，或者是她的心藏在里面，在一面镜子和一串钥匙之间。

突然，她开始朝森林跑过去。我想叫她，也想迈开步子，但还是没有动。

我看见逃犯逃走了。

我看见她跑得飞快，双脚似乎都没有落地。然后我看着自己的腿，抬起头时，吉尔消失了，只剩下一池湖水，就像一个蓝蓝黑黑的洞。

我不知道自己的感觉。这片风景在我看来既陌生又熟悉。我们也许在这里野餐，或者是那里，抑或是别处。

我没法集中注意力，想不起莎莫脸部的轮廓，甚至想不起刚刚跟吉尔在一起发生的事情。

有一天，莎莫想不起来她最爱的灯芯草放在哪里了。她在家里到处翻找，整个人歇斯底里，把鞋盒子全部倒在地板上，把床都拆了。我们听见她在每个壁橱里翻东西的声音，她口里骂着"该死"，最后哭成个泪人。

几个星期后，我们坐在卧室里打扑克，莎莫突然站起来，把手里的牌全部合起来。她的游泳包挂在浴室的门上，她把手伸进去，眼睛看着别处。

她非常骄傲地晃动着手镯，拇指和食指夹着一个圆环，就像一个大写的"O"。

"看啊！"

"你怎么办到的？你突然想起来在那里吗？"

她郑重地摇了摇头。

"它在叫我，它对我说：'我在这里，我在这里。'"然后她挥舞着手，向我指明信号的来源。

我离水池很近，没有注意到湖水看起来就像是一块桌布。

也许我仔细听，就能听到她的声音。我跟着那个呼唤我的声音，毫不犹豫朝灌木丛走去，弯下腰避开落下的树枝。莎莫在那里，在落叶堆里蜷缩成一团，她微笑着站起来，头发上还有碎屑。

我低下头，看着一堆海藻在岸边漂来漂去。当我把海藻捡起来时，吉尔走过来了。

我感觉到一阵狂喜，忽冷忽热。我闭上眼睛让自己冷静下来。当我再次睁开眼睛，她还在那里。

"对不起。"

"不，该我说对不起。"

她笑了。

她在河岸上甩着她的包，让人觉得既搞笑又无语。然后她把T恤脱下来，扔到远处，结果T恤挂在了树枝上。

"我们去游泳吧？"

没等我回复，她踢掉了脚上的凉鞋，然后朝我一笑，跳入了湖中。

我看见她脊背上的凸起。她向前游走了，没有回头。

直到那时，我还在欺骗自己。我的冷漠和无动于衷，在女孩子们的眼里居然是一件性感的事情。我本来想对自己说，吉尔跟其他人一样，我对她们毫无感觉。她们只是想体验何谓疼痛，她们不过是被宠坏的孩子，自私且做作。但那一天，我笨手笨脚脱掉了衣服，毫不犹豫跳入水中。我在淤泥里走着，朝她走去。她整个人没入水中，只看得见眼睛，就像是伺机捕猎的鳄鱼。

一条黑色的鱼在水底游过，经过我的脚边。我艰难地前行，双脚陷入淤泥中。吉尔朝我游过来，无比平静。

她贴着我的上半身，把胳膊绕过我的脖子，眼睛瞪得大大的，然后亲吻了我。

　　我很清楚陶博医生不会相信我跟吉尔的故事。他甚至不掩饰他的惊讶之情，忘记了自己的身份和年纪，还有我的身份。就像是一个未成年人在听另一个未成年人分享其性爱冒险故事，他们自己都无法相信，但这是他们夜间幻想的唯一主题。他玩弄着圆珠笔，强迫症一般拨动着上面的按钮，让人想到了令人悲伤的男性自慰动作，我只能闭上眼睛。

　　好几个星期，吉尔和我情绪高涨，我们像是在玻璃泡泡里行走。

　　我在她工作的药店门口等她下班。她笑着走出来，活蹦乱跳。她先是用眼神确认我的存在，然后优雅地探出脖子。我看见她眼里有火在燃烧，但这个世界并不真实。这不是吉尔，那个无法触及的吉尔。这也不是我，那个被人忽视的弟弟。

　　我们肩并肩走在街上，天空几乎发白。我们身处一个折叠空间，就像是折纸术一样。

这是一种带有罪恶感的完美的幸福。就像是埋葬了莎莫，把她推向更深的虚无，而我们在活人世界里大口呼吸。

我宁愿相信那是因为罪恶感，或者说痛苦。我们因此而难过，在愤怒的海洋里像个瑟瑟发抖的贝壳。但我知道并非如此。我才是罪魁祸首——我和我隐藏的愤怒。

吉尔好几次提到了我的父母，我们以前的生活。特别是在深夜，她住的单间里，那里堆满了漫画和香薰蜡烛，如同十九岁时一样。她赤身裸体坐在沙发上，上面垫了一张假的豹皮，膝盖顶在胸前。她几乎可以赤裸着做任何事情，洗碗，在窗台抽烟，谈论我的家人。

"你的父母真够奇怪的。"

我笑了，在床单里找烟。

"我觉得你的父亲就是个花花公子……"她看着自己的脚，"还有你们家的聚会。你妈妈穿着一条露背的裙子，美死了。"

她抬起头看着我。

"你记得吗？我甚至可以看见她的屁股。"

她用手指着背部下端，扭曲着身体向我示意。

"我去厨房拿水喝，有一个家伙是你父亲的朋友，也是非常性感的类型，我以前在你们家见过他。他在你母亲旁边，还有另一个家伙，说话声音特别大，也是你父亲的朋友，他很认真地听，同时用手触碰你母亲。他也许感觉到了我的出现，慢慢缩回了手，很慢很慢，像这样。"

吉尔模仿那个动作，手在空气中滑过。她摇了摇头，仿佛生活是个迷宫，既残酷又扣人心弦。

"我们永远看不清别人，不是吗？"

我看着她，一言不发。我想到了妈妈的裙子，有蓝色的、金色的、黑色丝绒的，但没有她说的那条露背的，至于我父亲的朋友，我可以列一个名单，把他们的名字都写在纸上，我想到了吉尔的手。这些人到底是谁？吉尔，你又是谁？

她站起来，她穿了一件长长的 T 恤，极其性感。我感觉自己的皮肤在颤抖，我就像是夜晚受伤的猎物，但是她毫无察觉。

深夜，她在床上坐直了，继续讲：

"我想象如果站在很高很高的地方往下看，我们都是迷你的小人儿，正中间是野餐用的桌布，小小的，就像一块邮票，我看见一只巨大的手抓住了莎莫，把她扔进了岩洞或者放在了云端。"

（她紧张得折断了火柴。）

"最糟糕的是，如果我现在在大街上见到她，我可能认不出她。因为她变了。因为她经历了很多事情。"

还有：

"我不能对任何人说，我一上公交车或者地铁就害怕。我看着所有人，寻找她的踪迹，等到我确定她不在那里，没有人像她，才能放松下来。"

我抱紧了她，想一直亲吻她。

"事实上，我多么希望她在这里。"她低声说道。

但这些话只有在黑夜里才能说出口。到了早上，阳光洒落在床单上，窗边的小鸟叽叽喳喳，它们似乎在很远的地方，不像是真的，就像是舞台上的道具，跟围巾、双层帽子、插满了刀具的工具盒放在一起。

我再也不怕水了。

"我们半夜去游泳吧？"

那天晚上，我喝醉了。我们在花伞下背靠背坐着，在湖边的一家夏日酒吧里喝着鸡尾酒，就像是巴哈马的新婚夫妇。

她做什么事都很积极。耳朵背后有一把纸做的小阳伞。

"当然好！"她喝完了最后一口饮料。三十九岁的她还有着少女般的活力，或者说她跟我在一起时才这样，就像是某种巫术让我们留在了那个夏日。

我们在黑夜里跑着，来到了湖边，很快脱下衣服，脚下的岩石就像是潮湿的毯子。路灯映衬在湖水里，就像是水底在发光。

湖水如此平静，似乎想拥我们入怀。我们好像在空气里游泳。

远处酒吧的灯光和车灯让我感觉进入了一个魔幻的空间，只有我和吉尔能进去。她默默地靠近我，抱紧了我。

我看到几分钟前我们坐过的露台。突然，我们仿佛进入了一个平行空间，地壳发生了断裂，我们在上面飘浮着，悬挂在一个星形拱门上，就像是一闪一闪的钟罩，脚底是深渊。湖水黑压压一片，看不到尽头。

我在想什么都不能把我们分开，但吉尔离开了我。她漂浮在水面上，在湖面上发出微光。有那么一瞬间，我感到有些不安。

在岸上，我把自己的 T 恤给吉尔擦拭身体，她冷得发抖，我感觉到了那份痛苦，从腹股沟传来的一个信息，就像是莫尔斯电码："不会持续下去的，再说这世上有什么可以恒久不变呢？"

是的，这一切并没有持续下去。

我们去科洛尼参加了一个化装舞会，主题是黑夜。吉尔戴着猫咪面具，穿着黑色丝袜。她看起来就像我母亲。我母亲尤其喜欢这样打扮。

我拒绝化装。

吉尔跟一个吸血鬼公爵和一个有着巨大翅膀的蝙蝠讲话。

在地下室，一个女孩在彩球下方跳舞，灯光照亮了她闪闪发光的身体。她戴着一个黑色蕾丝面具，一瞬间，我以为看见了莎莫。她以缓慢且性感的方式跳着舞，她抬起面具，看了一眼脚下的东西，她的脸庞就像是一个巨大的粉色月亮。我靠在墙上，一群戴着面具的男男女女冲下楼梯。女孩子们挤在走廊里，她们个个都像莎莫，或者是我母亲的翻版。男孩子们看着她们，手插在口袋里，头发梳到了脑后，就像是我父亲的翻版，或者是他朋友的翻版。

为了逃离这一切，我被困在楼梯里。客厅里的影子化成一团蓝色的云，让我很不舒服，我看见了远处的吉尔。

她还在跟那个吸血鬼谈话，但是他们换了地方，跑到更阴暗的地方。她的手在空中做出爪子的姿态，而他在微笑，斗篷折叠在肩膀上。

一股烟从他们头顶升起来，仿佛他们神秘的思想在空中汇集了。

他慢慢靠近。她装作什么都没发现，吮吸着柠檬味的墨西哥啤酒。我对自己说，就是这么一回事，每个人有不同的生活方式，白天一个样子（坐在车里，身子靠着我，玩弄着耳垂，以诱惑者的口吻说道："我们永远不要分手？"笑容极其挑逗。我盯着前面的路，还没有来得及回复："至少不要在春天之前分手，好吗？"），晚上另一个样子，他们忘记了白天发生的一切，与陌生人展开无声的对话，毫不犹豫就置身其中。他们就在那里，就像是我们手里把玩的透明的球体，他们的表情只有当下这一瞬间，我母亲和她放荡的裙子，吉尔和她噘起的嘴唇，莎莫在消失前向我示意，这些人都藏匿在另一处风景——一个装满水和塑料雪花的泡泡球、一片森林、一个小木屋和一座埃菲尔铁塔。

我还没有等到春天的到来。

她靠在墙上，那个男的面带笑容看着她，愚蠢且满意的笑容，他一点都没有意识到手里拿着的是什么——那是一朵食人花，浆果渗出毒液，我曾经体验过同样的痛苦。一根针扎到最细嫩的皮肤里，如同一把剪刀扎进烟草堆里。

我躲进了客人们的影子里，不知道自己在做什么。我从床上拿走了外套，那里堆满了手提包和衣服——不知道是什么原因，这景象让我想到了食人兽。然后，我离开了。

回到车上，我立马感觉好多了。我发动了车子，双手紧握方向盘，眼睛盯着前方的路，面无表情，情绪失落。

然后，我再也没离开车厢。我躲在这个铁盒子里，以逃避吉尔的哭声和祈求声。

她哭哭啼啼，给我打电话，还给我写信。

我拒绝见她，但没有我想象的那么顺利。

一天晚上，她在我家门口等我，皮肤苍白，眼睛湿润，我感觉到一阵寒意。

"我想要答案。"她颤抖着点燃了一根万宝路。

我突然释然一笑。

"你想要答案？但是所有人都想要答案，吉尔。"

她站在那里一动不动，胳膊上挂着雨伞，眼睛里透露着迷惑的神情。

"没有解释，没有答案。"

我扭过头。夜色跟我的内心一样空旷。

"一个球刚刚重新合上了。"

面对她苍白的脸颊，我说出这些话，然后消失在黑暗中。

陶博医生把手放在脸上，眼镜又掉下来了。他似乎压抑着一股怒气。

"你再也没见过她？"

我看着别处。

"但的确如此，不是吗？谁有答案？我有吗？"

陶博把眼镜框扶正了，他的眼睛在发光。

"我不知道。"

他温柔地回答。

"答案有时候比问题还难。"

我站起来，牙关咬得紧紧的，很想拍打这张桌子，把上面摆放整齐的圆珠笔全部弄到地上去。一头铅制的鹿放在镇纸上，眼镜盒是人造革的，黑色笔记本记录了病人们的秘密（除非上面全是问号和购物清单），陶博医生摆放这些东西的目的是给人一种知识分子的印象，但日积月累只剩下灰尘。我想把这些东西装在一个纸箱里，放在路边，上面写上："清货，一律两法郎。"

然后，什么都不剩下。跟陶博医生相关的一切都消失了。

"也许你有答案，不是吗？我受够了这些闹剧。你把时间花在拍打空气上，似乎知道些什么，但你完全迷失了，跟我一样。"

我往后退。想笑，又想哭，背靠到墙上，转过身，走出了大门。走廊的椅子上，一个年轻女孩眼泪汪汪地看着我。她把脑袋缩回去，很怕我跟她说点什么，或者抓她的头发，她是如此脆弱，我在寻思她的身体是否可以承担所有器官的运作。她直勾勾地看着我，我选择逃跑，感觉自己很滑稽。在街上，我还记得她那张惊恐的脸，我想象她坐在陶博医生对面，他很安静，就像一阵风一样轻，直到她开口说个不停，他在笔记本里记下：厌食症。她看着天花板，说得越来越快，就像是在念咒语。

或者他们在谈论我，发出一阵狂笑，陶博医生耸了耸肩，她坐在他的膝盖上。他把胖胖的手放在她的后颈上，她闭上眼睛就像是一只猫在打呼噜。

回家的路上，我打通了柏德弗药店的电话，这个号码在我脑海里已经盘旋了好几天，好几次我打通了，但到最后关头我又挂掉了。我脑海里的吉尔有着浓密的头发，贪婪的眼神，穿着一件皱巴巴的 T 恤，而她脑海里的我是什么样子我完全无法想象。电话也许就在她身边，铃声在她跟我之间回荡。我陷入恐慌，在床上抱着电话嘀咕着：可怜的家伙。

突然电话声响起来，我惊恐地看着它，以为是吉尔打来的，或者是药店的人打来的，他们会朝我大喊："让我们安静点，浑蛋！"但其实是父亲打来的，他的声音如此清晰，我瞬间觉得是玛丽娜·萨维欧搞错了，我才不是他的儿子。他让我明天跟他一起吃午饭，我迅速穿上一条三角裤，好像他能看见我似的。

我面前是一盘奶油意大利饺子。每次都是同一道菜。父亲和我每次都在罗伯特餐厅吃午餐，那里的风格是米色的桌布加微弱的光线，我总是点同一道菜——一盘白肉，父亲点红肉。我感觉我们的盘子映射出我们的本质——一个长不大的孩子和一个食肉类动物，他可以亲手杀死在那里休憩的野兽，然后优雅地将其切成块，那个姿态吸引了邻桌的女性们。她们把手放在裙子上，摆动着头发。她们看了一眼他的盘子，希望自己是他刀下的那盘肉。她们微笑着，弯下腰，衬衣敞开。他站起来跟她们打招呼。她们声音里有一丝颤抖，脖子也红了，就像是异国的花，开得很盛。当我还是孩子的时候，她们会用非常做作的语气跟我说话，就像是跟小动物说话似的，但她们的姿态又透露出她们其实是在对父亲说话。父亲会心不在焉地笑着点头。如今，她们在跟父亲行过贴面礼之后，会把眼神聚集在我身上。有时候她们跟父亲的嘴巴靠得太近，笑容略微尴尬，然后她们看着我。"你们认识我儿子吧，本杰明。"我在她们的眼睛里看见了惊讶之情，她们回忆起父亲的年纪，还有她们自己的年纪。虽然她们看起来越来越年轻，而他遇见过很多女性。她们的羡慕之情就像是接力赛一样传承下去。我想象她们穿着短裤和有编号的无袖无领短套衫，挥舞着小旗，围着一个体育台跑步，大汗淋漓，满脸通红。有几个女孩向我投来同样的笑容，用极其温柔的声音跟我打招呼，父亲开始打电话，或者重新坐在餐桌旁，把餐巾放在膝盖上。

她们化着浓妆，看起来就像是玩弄腮红的小女生，说话声音也很大，举动让我很紧张，特别是在这种半明半暗的环境里。这里发生的一切更像是一出戏剧，父亲在其中扮演主角，不清楚坐在那里的儿子的想法。他儿子下意识地将面包掰成碎片，随时可能起身拿起武器干掉身边所有人。

也有男人们走过来跟父亲打招呼，从不看我一眼，他们跟他一样面带满意的笑容，我注意到他们的视线停留在我褪色的 T 恤上，他们听说我"处于抑郁状态"。我感受到了这件事情带给父亲的痛苦和耻辱。在姐姐失踪之后，他们一下子看起来老了好几岁，被孩子们的残忍彻底击垮。有时候我内心感受到了巨大的痛苦，很想去拥抱父亲，但我竭尽全力压制住这一冲动，这一点更加衬托出我反社会和混乱的人格。

"你看起来状态很糟，本杰明。"

我喝了一口红酒，好像每个动作都是在挑衅他。

"听说你还在休病假。"

我想到了电脑的蓝色屏幕,那些有过濒死经验的人谈到过这种光线。

"我想莎莫。"

我父亲抬起头,盘子里是带血的牛排,看起来像是被一头怒兽咬碎的。

"我们都想她,本杰明。"

"你为什么没对我们说实话?"

他看着我。手里的餐具有那么一瞬间悬在空中,在半明半暗中闪着光。最后,他的手落下来,光线洒出来。

"实话?"

"莎莫真正的父亲。"

根据以往的经验,我感觉到他的背挺直了。然后我用一只手压住另一只手腕,抑制住再喝一杯的欲望,或者是为了感受一些东西,比如一阵脉动或一点生命力,但什么都没有。

"谁跟你讲的?"

他的声音很平静,但我听得出来背后的威胁。

"玛丽娜·萨维欧。"

"我就知道是她。"

他坐直了,重新把餐巾放在膝盖上。

"是的,没错。当我遇见你母亲时,莎莫就在你母亲身边。她没有父亲。"

一个年轻女子戴着头巾，路过时向我们点头致意，父亲递给她一个飞吻，等他低下头时，眼睛湿润。

"我记得第一次遇见莎莫时，她戴着这顶蓝色的羊毛帽。"

他摸着脑袋，好像在梳理看不见的回忆。

"我一直把她当成我自己的女儿，我爱过她。"

他看着我时的眼神很空洞。

"她怎么可以这样对我们？"

我注意到他的脸色变了。他沉浸在回忆之中，眼睛盯着我，仿佛我是一块镜子，可以看到他的过去——行李在传送带上滚动，还有母亲、父亲和莎莫在上面走着，他们抱着莎莫，或者是莎莫坐在父亲的肩上，她在他们面前蹦蹦跳跳，头发也乱了，衬衣飘起来。她穿着一件兔子图案的小外套、吊带裙和破洞的牛仔裤，脖子上挂着耳机，长长的手链缠在手腕上，母亲光彩照人，父亲几乎没怎么变，只不过发色更加浅，下巴线条没有那么深。突然三个人变成了两个人，他们看着脚底散落着莎莫的衣服，仿佛姐姐是冰块做的，一瞬间融化消失了。

"我搞错了，本杰明。她不是我女儿。她的血统里有着腐败的一面。"

"但你不觉得，有时候……"

他抬起痛苦的脸，拿起脚底金属桶里的酒瓶，放在桌子上。

"其实……她……身上发生了一些事情。"

裹住酒瓶的餐巾染上了红酒的印迹，一瞬间我还以为是父亲肋部的伤口出血了，而他继续跟远处的客户微笑着打招呼。

"如果她死掉了呢？"

我很小声，不知道他听到了没。但他看着我没眨眼，他似乎一直在等待这个词，这个多年来一直在我们身后飞行的小动物，被一根线绑在我们的手腕上，我们太熟悉它了，以至于它都不会让我们害怕。

"不。"他摇了摇头，"我会知道的。我会知道的。"他拍了拍胸。

我想起身把他抱入怀中。或者说是我希望他能站起来，把我拥入怀中。但是，通过某种神奇的化学反应，我的痛苦最终变成了他的痛苦，我在那里一动不动，在口袋最里面找到了镇痛药。他叫来一位服务生，指着桌子上空掉的圣培露矿泉水瓶，露出机械性的笑容。

那天晚上，我再次梦见了湖里的莎莫。她穿着睡衣就像是一道蓝色的箭头，在湖底的鱼群里穿梭。我想跟她讲话，使尽全身力气去接近她，但海藻缠住了我的脚踝，它们从湖底深处袭来，紧紧地裹住了我，先是挠痒痒，然后收紧，就像是愤怒的恋人的拥抱。我在水里呼喊，非常气愤，她必须回来，她让我们这么痛苦。但我的双眼被金属色的鱼鳞闪到了。一瞬间，我看见姐姐在鱼群的中央，她张开嘴，但没有发出任何声音，眼睛睁大了，鱼儿们也靠近了，它们围在她身边，越来越近，就像是一头有着百万只眼睛的怪兽，然后它们分散开，莎莫也不见了。

　　那天早上，空气中有股湿润的香气，混合了植物、泥土和矿物质的味道，被风一波一波吹过来。天气还是那么热。湖底上演着一场生死大戏。水雾、冰粒、化石碎片在水分子里穿行，一直上升到半山腰，然后化作雪花落下来。在飘落的过程中，它们会进入在湖边呼吸的人群的肺部。蓝色的雪花就像是一栋空旷的大楼，或者是市中心的大坑。我记得我在艺术历史博物馆见过它。在脏脏的玻璃窗后，丝绒布上放置着小小的史前物件——骨头做的珠宝，石头做的箭头，动物角做的鱼钩，等等，很难想象这些东西可以存在于除这个阴暗的角落以外的其他地方。学校组织的出游只会让我觉得无聊和忧郁。在一群河狸和狼的标本之间，有一幅史前人类的壁画，我想象他们生活在水中地基上的茅屋里。我们还观察了冰川极细微的运动。在气候变暖的年代，给湖泊注满水，湖泊就像是盛满了汤的盘子。墙上的编年史里，人类的诞生是如此微妙，介于想象和错乱之间，只能在时空里发出一声叹息。

　　走出博物馆，我们乖乖地坐上了车。一群孩子出现在回忆中，他们牵着我们的手，面对太阳揉着眼睛，记忆如潮水退去，消失得无影无踪。

警探阿尔瓦多·阿比奇。我想起了他的名字。他浮出了水面，毫发无损，就像是史前的一根箭头出现在沙滩的鹅卵石上，被海浪拍打着。

我给警察局打了电话。我感觉像是前一天刚刚离开他的办公室，人们告诉我他是部门领导。随后我听到了一个虚弱的男性声音，我马上就认出来是他。

他似乎并不觉得惊讶，也许这就是其他人面对黑暗的灵魂时的反应。他只是嘀咕了一声："当然记得，莎莫·瓦斯纳。"他有礼貌地跟我约好了见面的时间，没有任何多余的话语，声音透露出来的只有疲态，没有任何迹象显示他是否记得我。

我来到警察局大楼前，玻璃窗反射着光，就像是一个金属盒子，或者是一个巨大的保险箱。风在我耳边吹过，充斥着植物和腐败的味道。当我走进大厅，这股味道涌入了我的嘴中。

我坐在长凳上等待警探阿尔瓦多·阿比奇。前台的女士让我在那里等。她是一个小个子的胖女人，身上有股热带风情的香水味。她弯下腰检查我的证件，用小孩子般的笔迹把我的名字登记在本子上。我闻到了一股异域的清香，想象她紧闭着双唇，躺在迷你的丛林中。她的身体被制服裹得紧紧的，胸前别了个"警察"

字样的纹章，其实可以在那里绣一颗心或者一朵兰花。

我顺从地坐在她用下巴"指"给我的地方，不太清楚自己来这里做什么，是来参加一次数学考试，还是来坐牢，这些水泥墙的后面是另一个空间。我看着进进出出的警察们，他们一边走一边谈笑风生，手里拿着一杯咖啡，只有悬挂在腰部的无法定义的黑色物件让人联想到危险。这条腰带看起来可以承载一吨的重量。

警探阿尔瓦多·阿比奇从电梯上走下来，他穿着衬衣，袖子卷起来，胳膊上都是黑色的毛。一瞬间，我想象他如何跟一头黑熊打架。他没怎么变，只是头发变少了，肚子变圆了，这是这些年与罪犯斗争的生活留下的痕迹。

他微笑着朝我走过来，眼神中有一种意味深长的味道，仿佛我还是十五岁，他们刚刚把醉醺醺的我从柏德弗广场拉回来。

"瓦斯纳先生。"

我跟着他进了电梯，两个人有点挤。他按了四楼，我感觉到他身体散发出来的热量。他下巴上有一道疤痕，皮肤皱皱的。

电梯实在太慢了，我都快晕倒了，呼吸困难，就像是有人捏紧了我的肺。这部电梯的速度太慢，我觉得自己快要发狂了。警探阿尔瓦多·阿比奇肯定会把我当成一个神经病。我看了他一眼，他盯着自己的鞋子看。电梯终于停下来，门缓缓地打开，我就像溺水的人终于浮出了水面，但我还是被惊吓到了，觉得自己是有罪的，而且很迷惘。二十四年前，我的眼睛紧紧盯着他身后的墙面，就在他的头顶，那里写着两个字：浑蛋。

警探阿尔瓦多·阿比奇非常有绅士风度，他给我指了办公室的方向。我微笑着缓缓往前走，就像是在跳舞，我知道自己还会回到这里。

房间很小，弥漫着一股烟味。他刚才在抽烟，连窗户都没打开，抽屉里也许还有一瓶金酒。

"我能为你做什么？"他转动着座椅问道。

"关于我的姐姐，莎莫·瓦斯纳。其实是关于很久以前你对我说过的……"

他在椅子上一动不动，小眼睛盯着我。

"我记得很清楚，瓦斯纳先生。我记得你姐姐，我也记得你。"

我挺直了腰板，放在椅背上的手有点湿润。他还是紧紧盯着我。

"你说过最终可以找到那些人，他们会留下痕迹……"

"是的，几乎总是这样的。"

"那么，我想说……这么久了，她应该会留下痕迹，不是吗？"

"不好意思，瓦斯纳先生，我是想说，你在她失踪二十四年后，跑来问我这个问题？"

他俯下身看着我，我感觉他血管里的血液在涌动，背叛了他如此平静的表情。

"是这样的，本杰明，我要说的是，要找到那些人……"

他的口吻里没有指责的意味，就像是在说一句谚语。

"你知道，你们家让我最吃惊的事情是什么吗？就是没人想知道你姐姐到底在哪里。"

"不是吧？"

我看着他，感觉一阵恶心。突然，整个房间转起来——书桌，他背后的架子，还有空荡荡的挂衣架，就像一棵死掉的树矗立在房间的角落里。我们在同一条船上。

"你怎么可以这样说？"

我惊讶于自己的音量这么大，清了清嗓子。

"你根本无法了解我们的感受，我父母的感受。"

"你说得对，我一无所知。"

他的声音很平静，但呼吸声很重，仿佛这番违心的话让他着实为难，但我没有必要跟他继续争执，既然我们都走到了这一步。

"一开始，你的父亲很激动。他认识很多人，其实他没有必要提醒我们这一点。"

的确如此。瓦斯纳家的名望给人一种高高在上的感觉。我透过窗户看着天空，警探的背后有一道光。

我想到了父亲，他怒气冲冲地上了车，沿着湖边飞速行驶了几个小时，一路观望周边的风景，仿佛姐姐就藏在某处，会突然从草堆里冲出来，就像是标志牌上画的鹿，我们知道它们在那里，可以感觉到它们的存在，它们默默地呼吸，在树丛里一动不动，它们的眼睛发着光，在树林里默默观察着我们。但我们看不见它们。他也许以为如果车子不停下来，他肯定会遇上莎莫，他们是时空中的两个点，注定会在某处相遇，就像遵循数学里的原则，他的行动暗示着她的行动，就像是一根无形的电缆把宇宙中的他们两人连接起来，按照他们呼吸的节奏摆动。

我又看见了母亲，在电视机里，她坐在中间。她用微弱的声音说道："一个母亲如果不知道自己的孩子身在何处是无法活下去的。"我感觉她的椅子在宇宙中央飘浮。她的声音在时空里回荡，穿越了好几个光年，没有遇上任何困难或者回音，在星星之间穿梭，直到今天还在宇宙深处继续游荡。某一天，她的声音也许会回到我们身边，就像是流星一样坠入大气层，落入某个行人的耳朵里，或者是大海的深处，或者是高速公路上，但这一刻还没有到来。

"你的父亲连续打了好几个星期的电话，他很生气，指责警察办事不力，我的上级也狠狠地教训了我，当然这是另外一回事了。但这些指责并没有持续很长时间，很快，等到开学的时候，这一切就结束了。然后再没有任何消息。"

阿尔瓦多·阿比奇在玩弄一支圆珠笔，凝重的眼神充满了悲伤和好奇。

"是的，我就很好奇。感觉你家人并不想找到她。"

"你们没有展开调查吗？因为我们家人表现得比较淡漠，你们就放弃了吗？你要跟我说的是这个吗？"

他抬起头，圆珠笔在指尖保持平衡。

"不，我可没这样说。"

我听到了他沉重的呼吸声，就像是饥饿的野兽受了伤，在这个房间里喘息，但我突然意识到这个声音其实是来自我的嗓子。

"我们当然去找过她。"

他看着我，眼睛里全是难以承受的痛苦。

"我们找到了她。"

他降低了声调。

"我们花了两年时间，但终于找到了她。"

他把胳膊枕在桌子上。

"但是她不愿意人们知道她的去处。这是她的权利，她是成年人，法律是这样规定的。"

我看着阿尔瓦多·阿比奇，但看到的不是他，眼前浮现的是这些年来的每个春夏秋冬，莱蒙湖边的日出日落，空中绚丽的巨大彩虹，花儿绚丽地绽放，继而无声地死去，化作一缕尘土，我跟它们一起化作尘土。

阿尔瓦多·阿比奇一下子站起来，我注意到他是如此柔软、迅捷，感受到他皮肤下隐藏的这份秘密的活力，而我失去了全身的力气，甚至可能滑倒在地上，融入黑暗中。他的手放在我的胳膊上，给我的身体充了电。

"我去给你冲一杯咖啡。"

他回来了。我不知道过了多久，一秒钟还是几个小时？我看着自己的手放在大腿上，它们看起来如此之小，我的视线无法离开我的手，就像是我从没有见过我的手似的。

阿尔瓦多·阿比奇在我面前放了一杯咖啡。糖包看起来如此脆弱，纸质材料的云朵飘浮在空中。

他坐在办公桌上，跟我面对面，他的大腿碰到了我的胳膊，我往后退，椅子在地毯上发出的咯吱声划破了空气。

"你们什么都没说？因为是她的权利。你们就这样放任不管吗？让我们不知道她的生死？"

我的话语就像是一个个火球，从头顶升起，充满了愤怒、哀伤和无能，它们燃烧成灰烬，除了看着它们毁灭，我没有别的能做的。

阿尔瓦多·阿比奇抬起了下巴，他凝视着我的头顶片刻，或者说他在等我冷静下来，等待风暴过去，也许他每天就是这样度过的，他交叉手臂，让思绪飞向别处，但是当俯下身看着我时，他一脸慈悲的表情。

"不，本杰明，我跟他们说了的。我跟你父母说了的。你的父亲和母亲，我让他们来过警察局，我跟他们说过。"

他把手放在我的胳膊上，如此温柔，但我的心脏要爆炸了，他继续说，我摇着头，就像是一个孩子不相信自己无法回家，或者自己根本不存在，只不过是梦想的产物。

"很抱歉，本杰明。我不知道他们为什么没跟你说。我毫无头绪。但我们经常目睹这些奇怪的事情发生，你要知道干我们这一行就是如此。我们不知道人们为什么这样做。我想他们自己也许也不知道。这些年过去了，我能说的就是，人性就是一团谜。我们唯一能指望的就是法律。我们以为法律可以造福所有人，但事实上，只有少数人从中获益。至于其他人……"

他抬起手，为了显示自己的无力，他看起来是如此窘迫和沮丧，但我对此毫无感觉，我只想打他，我想用拳头打他，用脚踢他，可我感到既衰弱又麻木，脑壳里轰轰作响，有一只手把我的心脏捏得紧紧的。

然后我站起来，不知道嘀咕了几句什么，话语在我口里变成了面团，我想离开这里，周围的一切在摇晃，我握住了警探的手，我向他伸出这只陌生没有生气的手，他握了许久，然后我来到了大街上，光线刺伤了我的眼。手里有一张纸，我认出那是一个电话号码，还有阿尔瓦多·阿比奇的名字，我记得他说过如果我有需要的话就打电话给他，我什么都没做。我曾经以为自己的生命结束了，如今痛苦地笑出声，看着四周，一切都似曾相识，又完全不同。我寻思着要怎么办，现在一切都结束了，时间就像是粉笔灰从我指尖滑过。这些年来，她生活在别处，她还在呼吸，她见过其他人，其他人也见过她，她进出自己的家——或者说她住的地方——但没有人跟我说任何事情，也许仅仅是因为我从来不提任何问题。

　　我走在空旷的城市里，什么都无法阻拦我的脚步。如果我不停下来，也许真相或者某个解释就会浮出水面。我在寻找一样可以平复内心痛苦的东西，阻止自己撕扯头发的冲动，比如一个沙袋。

　　我知道这不是真的。太迟了，太迟太迟了，这句话反复敲击我的脑袋，就像一只鸟拍打一扇窗户。我看见了孩童时的我，自信满满。父亲他把我举起来，在空中转圈，我咯咯直笑，在天与地之间盘旋，我听见母亲在尖叫，她既觉得好玩，又有些担心，"停下来，停下来，吓死我了"。我飞起来了，我的肺部因为爱和感恩而爆炸。

　　他们从什么时候开始对我撒谎？他们会对我说实话吗？哪怕就一次？

　　我看见了莎莫，她的视线一直跟随着我，就像是在一旁观察的母亲，我看见她的裙子和马尾辫，一副小女生的模样，但是她的眼神一直盯着我不放，仿佛只有她一个人能保护我，她不相信其他人，只相信自己，她非常了解我，就像是住在我的灵魂深处。

我又想到了野餐那天，那一幕在我脑海里上映了无数次。光线吞噬了一切，还有令人窒息的声音，在我梦里重新上映的这一幕不过是个谎言，或者是幻象，一盘造假的棋局。我看见她的牛仔短裤，白色的棉质 T 恤，灌木丛掠过她的大腿和胳膊，我听见远处其他人的笑声，但女孩子们的声音仿佛来自别处，几公里之外。莎莫和我，一块笼罩在头顶的桌布将我们与外部世界隔开，我们受到了庇护，藏在时间的缝隙里，那里只有我和她。

她转过身，似乎感觉到了我的视线，我看见她在招手，她轻轻挥舞她的手，露出浅浅的微笑，让人很安心，至少这是我的想象，也许她想跟我说点事情，从她紧闭的双唇里透露出无声的信息。也许她看着我，但并没有看到我。也许她在别处，在我不存在的时空里。我看见她的头发消失在高耸的草丛里，就像风一样轻柔。草丛像窗帘一样卷起来，然后什么都没剩下，一切都像镜花水月一样消失得无影无踪。

我们不知道人们为什么这样做。

我看到在罗伯特餐厅里的父亲，那是什么时候？昨天？或者那是另一个我？他穿着棉质的衬衣，捶着胸，摇着头，眼神似乎跟莎莫有直接联系，在她居住的那个无形的世界里。我听见他在低声说："如果她死了，我会知道的。"我又听见阿尔瓦多·阿比奇说："但我跟他们说了的。我让他们来过警察局。"我还能感受到他身体散发出来的热量，这是一场战争，他们各自拉住了我的一个袖子，我无法抵抗，就像是有人打中了我的后脑勺。

我一直走啊走，一望无垠的广场上没有一个人，光线太强，远处一个行人都没有，整个城市都消失了。在我脑子里，上亿个神经细胞互相连接，太快了，信息不断涌现继而消失，就在我试图抓住那股热浪时，我察觉到了来自远方的悲叹。

她不愿意人们知道她的去处，她不愿意她的家人知道她在哪儿。

我沿着罗恩河走。一群海鸥飞过水面，它们组成了移动的云彩，在奶油色的天空中一会儿聚拢一会儿散开。我感觉这群鸟儿是我大脑在时空中的呈现——试图重建系统，不断重启中，某些网络信号得到加强，另一些网络信号消失后重新回到最初的状态，完全没有可塑性。我记忆中的过去和刚刚浮现出来的回忆没有重叠的地方。在我的记忆和现实之中，我的生活似乎被谎言吞噬了，那是跟天空一样广阔的谎言。

我还记得父亲穿着律师袍，手里拿着酒杯，在一群朋友面前，瘫倒在沙发上，女人们把光溜溜的大腿放在男人的大腿上，以夸张的姿态张开双臂。父亲脸呈紫红色，他先是扮演为客户辩护的律师，洋洋洒洒，长篇大论，那是在日常生活中我们从未见过的激情一面。然后又扮演检察官的角色，把自己刚刚说过的话完全推翻，也是同样的义正词严、激情澎湃。我记得自己很恐慌。他的朋友们则笑了。贝纳德·巴贝把手指放在嘴里吹了一声口哨，母亲站起来，非常开心，踩着高跟鞋晃晃悠悠。我感觉自己的心脏快要炸裂了。父亲的律师袍让他看起来像是个圣人或者魔术师，他挥舞着长袖说道："秘诀在于给人们讲他们想听到的故事，不管听众是谁。人们不想知道真相，他们只愿意相信听到的版本，一旦你明白了这一点，那么……"他的表情很骄傲，他把杯子放在面前，就像是把整个世界握在了手中。

晚会总是令人头晕目眩，成年人会暴露出他们性格中意想不到的另一面，孩子们不过是配角。可是那天晚上，我脚底的地面断裂，打开了一道裂缝，地毯下是一片火海。

父亲居然如此轻易地说出谎言，而且引以为傲。

他弯下腰，一只手放在胸前，周围的人在鼓掌和吹口哨。一个体态丰腴的金发美女穿着露肩装，把鞋子扔过来，她看起来喝醉了，又或者是她恋爱了。观众被这份激情所感染，仿佛这种欺骗世人的方式正是女性所幻想的，遇上一个让她又爱又恨的人。男人们也一样，点头表示赞同，一副老谋深算的表情。"用另一种幻想代替这种幻想"，就像我父亲给他客户打电话时说的那样。这句话变成了一句口号，他从没失败过。

我沿着河堤继续往前走，水面看起来很阴森，河水拍打着大理石。我办公室前面的喷水池就是从这条河引来的。美景房前面的水也是来自这条河。还是同一条河围绕着野餐所在的森林，形成一个翡翠色的倒影，一直流到地中海，跟其他海水汇集在一起，如此深邃，如此活跃，根本不是我想象的一潭死水。

如今，我知道她不在那里。

莎莫不在那里，她跟这股水流一样，四处旅行，任意变身。她就是流逝的时间，展开来合成一个圈，又或者是抽丝的套头衫。她就像我们喜欢的人隐藏在身体内的情感，在热空气中蒸发掉，或者变成了一块水晶。我想跟随这股水流去寻找她的去处。我想让时间倒流，看她一次次在晶体管上跳过，她那迷离的眼神略带伤感。我想了解这一切从何时开始，我何时开始感受不到家人的感情，我曾经那么强烈地爱过他们，我想把他们拥入怀中，包容他们的痛苦，让他们站立起来。但我错了，我握住的只有风，我想再次见到莎莫的眼睛，看她有规律地摇着头，听着录音机里的音乐。我想在她心上打个结，在我自己心上也打个结——也许我已经这样做了？也许她的每个行为都以难以察觉的方式烙印在我的身上，我就是那条已经上钩的鱼，被一步步扯到她的身旁。

离我几米远的地方，两只天鹅伸长了脖子，洁白无瑕的羽毛看起来就像是马路上的鸟巢。它们伸展翅膀，开始鸣叫，发出一阵长长的叫声，那是愤怒的标志。它们收起羽翼，在背部合成一个心形，姿势如此优雅，但内心深处发出如此愤怒的叫声。我继续往前走，海鸥在我头顶盘旋，天鹅的叫声越来越尖锐，让我滚出它们的领地。也许它们属于一支原始的军队，曾经统治过人类。它们把我推到别处——我应该去的那个地方。

我来到柏德弗药店门口，看着玻璃门以安静的方式滑行。我必须抽支烟，喘口气，才有勇气去应对。来之前我并没有想好，一股未知的力量促使我来到这里，就像是鲨鱼，为了不死于窒息一直游个不停。我脑子一片空白地走进这个药店，就像是进入了一个消毒间，玻璃门把我跟外面的世界隔离开来。

我没有立马找到吉尔，只有霓虹灯光在闪耀，客人们安静地走来走去，就像是暴风雨前的乌云，我的心也在嗡嗡叫，就像是冷冻室深处发出的嗞嗞声。

我抬起头看着柜台，她从里面的房间走出来，穿着一件白大褂，里面是一条裙子，手里拿着东西，一盒药或者是一块小小的骨头，她用手捏得紧紧的。她的头发扎了起来，面色疲惫。她不再是那个年轻的女孩，散落下来的刘海让她看起来像是个女大学生，前一晚刚刚跟一个不知名的男孩子共度一夜，然后匆忙穿好衣服来上班。她站着不动，眼神瞬间把我击垮，我没法说出自己身处何地，我看见她的眼睛瞪得圆圆的，手里的动作也停止了，然后她转过身，面对墙反思，就像是在寻找一个答案。墙上的指示用小小的字母写成，白白的墙上写满了整个人生，照亮了柜台前弯着腰的客人们的脸。

她弯下腰跟一个穿白大褂的金发女子讲话，那个女子头上绑着亮晶晶的丝带，长长的粉色指甲，仿佛昭示着她的生活不仅仅局限于这个寒冷和缺乏生机的空间。她跟金发女子说了几句悄悄话，那个金发女子偷偷看了我一眼，答应了吉尔。然后吉尔把手里的东西递给了金发女子，脱下袍子，扔在身后，然后朝我走来。

"你好，吉尔。"

我发觉很难开口。

"你在这里做什么？"

她看起来很慌乱，带着怒气。她没怎么变，这让人难以接受。胖胖的脸颊没了，眼角有些皱纹，但她还是如此美丽。她的脖子上有两道线，我仿佛看见一个男人把一把刀架在她的脖子上，这是一个温柔且危险的游戏。

"我……我是来看你的。"

她哼了一声。

"这么好。"

"我想对你说：莎莫还活着。"

她看着我，似乎不明白我刚才说出的话。

她转过身，再次面对墙壁。我听见她的声音：

"我们出去走走，如何？"

她朝咖啡店的露台走去，咖啡店就在药店前方。她拿出一把金属椅子，坐在上面，胳膊枕在桌子上，就像以前约会时一样。

我也坐下来，不知道为什么，但我感觉自己要发狂了，今天这一天我经历了太多事情。我听到了心脏怦怦跳的声音，感觉她也听到了，整个城市也跟随心脏跳动的节奏在震动，地面下方巨大的洞穴在收缩和扩张。黑暗里新生的动物在喘息和爬行。巨兽在城里缓缓前行，头上长满了鳞片，在建筑物里穿行。

"我去见了警探，负责这个案子的警探。"

她看着我，一言不发。

"他找到了她。失踪后两年就找到了她。我的父母也知道这事。"

她拿出一包烟，好像是从裙子的褶皱或者是内衣里拿出来的。

"你来是为了说这事？"

我感觉到脸部和脖子在充血，感觉像有一杯热水浇在了我身上。

我摇了摇头，但她没有看我。一个服务生走过来，她点了一杯可乐，我要了一杯咖啡，其实我真正想要的是伏特加，或者一口吞下她递给金发女子的盒子里的药片。

"还有，莎莫不是我父亲的孩子。"

她什么都没说，继续抽着烟，盯着桌子看，桌面上镶嵌了无数的玻璃碎片，就像是无数个小小的眼睛。

"你早就知道了？"

她叹了口气，继续低着头。

"当然，她跟我说过。她找到一本家庭手册，上面写着'父亲不详'，那时候我们十三四岁。这没什么大不了的。"

我整个身体被抽空，我觉得她想打架。

"也就是说，大家都知道，除了我。"

她的眼皮跳了一下，眉毛下有道影子。

"反正你啥都不想知道。"

瘦瘦的服务生穿着一条松垮垮的短裤，在她面前放下一个杯子，杯子哐啷响，发出优美的旋律。

她坐直了，表情严肃地看着我，仿佛她突然意识到我在她面前。我紧张地玩弄着那个好笑的杯子，衬衫紧紧贴在身上，眼神空洞，一副精神失常的样子，就差胡言乱语了。

"你知道吗？我才无所谓呢。我管她是死是活，关我屁事。"

她鼻子里冒出烟，那是哀伤或者怒气形成的云彩。

"你不是这个世界上唯一受苦的人，本杰明。你难过，离家出走，把全世界抛在脑后。你跟她做的事情一模一样，本杰明。你消失了。你曾经在那里，我非常清楚在哪里能找到你，但我始终无法触及你。你以为你是这个家里的谁？我给你发短信，打电话，辗转难眠，想搞明白我到底做错了什么，你什么解释都没有。你甚至都不愿意开口。我简直要疯了。"

她抬头看着天空，就像是回忆飞向了天空。

"你跟她一样。你们是一样的。"

我从没见她发过脾气。她杯子里的可乐是黑色的，头发也是黑色的，眉头紧锁。可乐洒到了裙子上，留下环状的痕迹，就像是她的心开始流血。

"我宁愿你死掉。"

她突然站起来，用手指弹烟头，烟头在空中画了个弧线掉下去。

我们默默看了一会儿烟头，然后她抬起了头。

"至于你的父母……很明显，他们什么都没对你说。好几次，我试图告诉你，但你从来不听。"

"告诉我什么？"

她耸耸肩，脱掉外套，或是熊皮，让自己更加轻松。

"不要问我，本杰明。自己去问他们。"

她消失了，走进了药店的玻璃门，或者只是蒸发掉，就像是玻璃门上的一个吻。

我站在药店门口，摇摇晃晃，头顶的太阳就像个大电灯泡。我感觉到它的光芒，既是颗粒，又是光波，朝每个方向散开，碰到物体就弹开。然后，我继续上路了。

我想回家，回那个至少还能称之为家的地方。路程在我看来如此遥远和陌生。我来到我住的那栋楼的车库，它就像是夏日避暑的岩洞一样，干燥且清凉，我的小汽车看起来就像是一个奇怪的金属盒子。

我要回家。那里是一切重新开始的地方。

我开着车，沿着湖边走，驶向美景房。阳光照射在湖面上，形成一条闪闪发光的走廊。湖里有一群人在游泳，挥舞着手臂。一道金色的光芒一直延伸到地平线，蓝色的湖水和蓝色的天空之间是一片安静的灰色。

在岸边，一个渔民从水里捞出一个捕鱼篓，一个正方形的笼子里面可以装下一个人，或者湖底深处的美女。捕鱼篓里面的鱼儿们拼命弹跳，我感觉它们就像是从湖的肚子或者是蛋里面冒出来的。

我想象它们绝望地张大嘴呼吸，就像宝宝因为惊讶而张大的 O 形嘴。

我想到了警察的船，穿着橡胶潜水服的潜水员，拿着探照灯在水下搜索。我看见他们进入了一个更广阔的世界，那个世界的边缘被一片漆黑笼罩。一块黑色的丝绸围巾遮住了整个世界。

我回想起自己曾经很害怕，害怕他们找到莎莫，把她的尸体从海藻里拖出来，即使我知道他们永远不会找到她。

她曾经在哪儿？她现在在哪儿？

莎莫在水里。我看见她在蓝色的湖水里漂浮，然后灯光照亮了一切，太阳落入水底。她被粉色和银色的鱼群包围，那些鱼儿就像是朝每个方向发射的箭头。

我再次在电视上看见了母亲，她的指甲油反射出光芒，双眼泪汪汪的。我记得她想成为巴黎的喜剧演员，她想过上更加耀眼的生活，而不是跟我父亲在一起生活并生下孩子。

我再次看见了她，性感且毫无防备，也许她的谎言很真诚，一个被消失的女儿的灵魂吞噬的女性。她巨大的头像投射在屏幕上，非常漂亮，但也上了年纪，已是明日黄花。

鸟儿们在湖面上盘旋，组成一条线跟我往同一个方向飞行。也许它们能带我回到美景房，也许我能在家里的草地上找到它们，它们一个个挤在一起，眼神犀利地看着我，朝我伸出脖子。

我打开玻璃，风马上灌进来，带着橙色的光芒和湖水的味道，整个大自然都涌入了车厢。

路面很新，就像是刚刚在地下冒出来的，光滑油亮。

我记得鹦鹉宝宝刚出生时我们还小，巨大的白色鸟笼放在厨房窗户旁边。那时候母亲想养鸟。从蛋壳里出来粉色和灰色的幼鸟，皮肤还是赤裸的，翅膀也没有展开。雌鸟的脖子上有血迹，人们向我和姐姐解释——我们摇着头，拒绝去想象那个画面——母鸟会袭击它的幼崽。没人知道为什么。

"的确会发生这样的事情。"

我记得母亲用纸包住了什么东西，然后扔到了垃圾桶，她在那里站了许久，凝视着里面的物品，当她注意到我站在门口时，她马上合上盖子，在水池里用洗手液洗手。

后来鸟笼和里面的鸟儿都消失了。

一天晚上，我下楼拿牛奶喝，借着冰箱的微光，我注意到水池里有什么东西冒出水面呼吸。

我经过大铁门，把车停在家门口，然后走下车，感觉整个地面重新恢复了平静。车厢里的野蛮世界消逝在宇宙中。

母亲看见我后一动不动，手里还拿着浴巾。

"本杰明？"

她脸上的惊讶之情在我看来更像是害怕。不管是谁出现在我们家门口，拿着篮子的女性友人或者是拿着斧头的陌生人，她都是这般模样的微笑。

我很久没有回来这里了，一年，两年，也许更久。要回忆起来实在太痛苦了。只要我们三个人待在房间里，空气就会令人窒息。莎莫的卧室常年关闭，那里传出了悠扬的旋律，也许是笛子，或者是灰尘的声音。

"还好吗？"

大房子把她衬托得如此脆弱。在落日余晖的映射下，房子在花园里投射下巨大的影子，而我们就站在影子里面。

我没回答她，亲吻了她的脸颊。我想争取几秒钟，继续待在这个世界里。

她看着我，继续保持笑容，把浴巾搭在长椅上。我注意到她弯曲的背。

"我知道莎莫的事情了。"

我听到自己微弱的声音。

她站直了，惊慌失措地看着我，双手交叉，放在胸前。

"你知道什么，本杰明？"

我盯着她，她表情坚定，我知道她会将谎言坚持到最后一秒，一个红色纸做的气球被一个孩子吹到快要爆炸了。

我叹了口气。此刻，我站在世界的边缘，看着远处的树木和岩石，还有一条小溪在流淌，就像一条蓝色丝带。

"我知道她还活着。我知道她不是爸爸的女儿。我知道你们什么都没跟我说。我也知道你们也不想找到她。"

她一动不动，然后转过身，走进了房子。她朝厨房走去，我跟在她身后。

"你父亲还没回来？你要喝点什么？"

"妈妈……"

我不知道她是否听到了，她站在冰箱前，一瞬间我以为她准备钻到冰箱里，然后消失在寒冷和白色的光芒中。可她还是关上了冰箱门，拿出一瓶白葡萄酒，放在桌上，然后坐下来，直勾勾看着我的眼睛。

我在柜子里拿了两个葡萄酒杯，就在烤箱上方，几乎是条件反射，我知道葡萄酒杯就在香槟杯旁边。我总是惊讶于我们家香槟杯的数量。我甚至可以闭着眼睛打开所有的柜子，也许这就是我们生活剩下的部分，在厨房里找到自己所属的位置。

酒杯在她的手里打战。她眼睛里发出不真实的光芒。

"你毫不知情，本杰明。"

　　我心头一紧，呼吸紧张。一块石头投进了空虚中，坠入黑暗，在空气中发出咝咝声。

　　"我是这么爱他，但他抛弃了我……"

　　"他抛弃了你？谁？"

　　她耸了耸肩，头在杯子上方，此刻她非常像莎莫——一个无法接近的年轻人。她抬起头看着我。

　　"他结婚了，是我父母的一个朋友。我怀孕了，只有二十一岁。"

　　她苦笑一声。

　　"我真的以为他爱我。那个年纪的我太蠢了。还有我的父母……他们应该希望我从地球上消失吧。都是我的错。一下子，我的生活结束了。我想做点什么，然后我来到了这个城市——这个小小的世界。"

　　她用手做了个夸张的姿势。

　　"我本来可以做点什么，我本来可以拥有另一种生活。"

　　我在观察她，但她的思绪离开了这里，憧憬着另一种她本来可以拥有的生活，没有莎莫、父亲或者我，我们不存在的那个地方。

　　"我结婚了，你以为我是为了我自己吗？是为了我父母。为了你的父亲、你姐姐，为了大家。我们家的客人突然消失了。我本来跟贝纳德·巴贝很亲近，你记得的，我以为他是为了我来的。但莎莫离开之后，贝纳德再也不给我打电话了，他只会说'冷静一下，冷静一下！'，好像我是疯子似的。"

眼泪汪汪的母亲，我在想以前是否见过她这个样子。

"如果没记错，她也跟他有过纠缠。"

她的声音含着怒气。

"谁跟谁？"

她一下子站起来，开始像梦游者一样走来走去，上方是刺眼的吊灯，一道光正好射在她的头顶上。

"你姐姐！"

我看着她，一脸窘迫的表情。她是否知道自己到底说了什么。

贝纳德·巴贝？

"她成了我们的敌人。她想得到所有人。她无处不在。她抢走了所有人。你的父亲、所有的男生，还有时间……她想羞辱我们。"

我看见她身后窗户的倒影，另一个母亲，一个陌生人。

"那一天，我们发现她跟弗兰克在客厅里……身上全是汗水，躺在沙发上……她就在那里，而弗兰克在她的旁边。你父亲发疯了，他扇她耳光，然后还跟弗兰克打了起来。没人考虑到我是怎么想的。仿佛我死掉了似的。"

她尖锐的嗓音在厨房里回荡，透过窗户，我看到天空迅速变黑，地面像是披了一件蓝色的外套。我很想从这个窗户逃出去，投入这片蓝色中。

那晚我在哪里？

那晚我在哪里？

"三天后，她就对我们做了这件事。她再没有回来。她这样做是为了惩罚我们。"

母亲递给我一个怨恨的表情，嘴唇发抖。

我没有任何感觉，眼前展开一张地图，一个戴着白色鸭舌帽的男子给我指明我现在所处的位置，我不在这块土地上，而是在另一块土地上，在两片海洋之间。

这是挡风玻璃上的一层霜，在上面留下一个名字、一颗心，或者是一句猥琐的话。

我使尽全力吸进去的烟尘，覆盖了整个肺部。

她重新坐在我面前，喝完了手里的那杯酒。她的脸颊变红了。

"当警探给我们打电话时……他对我们说找到她了，但是她不愿意人们知道她在哪里！你明白吗，本杰明？"

她呼吸很重，一只手捶胸，眼睛看着天花板。

"你……你的情况本来就不好。跟你说又有何用？让你更加痛苦？让你明白你也不能指望她？让你知道她一如既往还是那么自私？"

我点点头，又摇摇头，不知道该安慰母亲，还是安慰我自己，但有些事情浮出了水面。我想触摸她的脸颊，把手放在她的嘴唇上，然后使劲按下去。

母亲看着我，恳求我，但她并没有真正看见我。

"你知道吗？没有人，没有一个人能明白我经历的一切。二十二岁时一个人生下她。那些女人和那个可怕的医生聚集在我大腿旁，指挥我做这做那。太可怕了。"

她拍打着桌子，小小的拳头就像满是棱角的石头，她的眼影花掉了。这些年来有一股强大的力量把我们分隔开。

"她夺走了我的一切，本杰明，一切！"

我站起来，扶着椅背，嘀咕了一句"我得走了"或是"对不起"或是"你这个坏女人"。她吃惊地看着我，眼睛发着光，嘴唇颤抖，但我什么都听不见，穿过走廊逃了出去。

外面，夜色将我拥入怀中，空气中有什么在走动，一阵羽毛龙卷风，有翅膀的生物溜进了树林里。在黑暗中，我听见湖水的流淌声。湖面就像一面神秘的镜子一样光滑。水是紫色的，看起来如此活跃和深邃，被月光的光晕笼罩。树木朝我弯下腰，巨人们靠近了，视线跟随着我，树叶在轻轻摇晃。整个大自然看着我，遥远的星星晶莹透亮，看不见的动物们，释放出叶绿素的植物们，我听见了醉人的叹气声——一个深沉且善意的呼吸声。

我在想母亲是否真的明白她所说的另一种生活，她是否清楚自己所说的话。

我来到湖边，有人在叫我。一只受伤的野兽在沉睡，发出虚弱的呼吸声。

我看见了吉尔，她躺在扶手椅里，她的手在空中模仿那个男人的动作——他就是贝纳德·巴贝？天啊！他的手接触到我母亲的后背。我看见母亲，眼睛里全是陌生的神情，她看着贝纳德·巴贝，还有穿着睡衣或者是 T 恤的姐姐半梦半醒出现在厨房，而他一直盯着她看。我看见母亲紧张地点燃一根烟，她闭上眼睛想把这个不太舒服的画面从脑海里赶出去。

我看见了莎莫和弗兰克，他们喘着粗气，头发乱糟糟的，仿佛被湿湿的绳子捆在一起，衣服扔得到处都是，茶几上的酒瓶也翻了。我看见母亲脸色变了，一行泪滑过她的脸颊，一股神秘的力量在暗中涌起。

我从矮墙探出头去，在阴暗的湖水上看见了自己的倒影。湖水冲击石头发出的声响，在我耳边讲述着某个故事。

湖水下方有阴影。

我在《日内瓦论坛报》上看见了这张照片，一条两米长的鲇鱼，一个欣喜若狂的渔民把它抱在怀里，就像是抱着一个巨型的宝宝。他坐在一堆泥巴上，因为太重坐不稳，照片的大标题上写着：“莱蒙湖钓上来的巨型鲇鱼！”“人们不知道它们来自何处？谁把它们放进了湖里？”你可以长时间盯着那张照片，既觉得恶心，又为之着迷。

渔民戴着黑色皮手套。

灰绿色的鱼皮上面全是泥巴。

鱼嘴旁是长长的鱼须，让人觉得害怕。

在湖面上，一轮巨大的圆月替代了太阳，非常奇怪的对称关系。负片代替了正片。

月亮如此光亮，好像想对你说些什么，但话语被那一层薄雾挡住了。

它四周的星星静静地看着我。

整个世界如此安静，我正好可以思考一下。

查看一下自己的内心。

我看见梦里的鱼，粉色，鱼须跟鲇鱼一样，但颜色更浅。

莎莫房间里的鱼缸就像是黑暗中的电视机一样发光。

海藻在摆动，在水中打了结又松开，我看见了粉色的鱼。它们变小了，就像是小孩子的手。

它们互相亲吻，嘴对嘴，在植物做成的摇篮里。

在我梦里还有银色的鱼，蓝色的鱼，它们的鱼鳍就像是帆船。

突然，我想起了它们的名字：亲吻鱼，斗鱼。它们就像是盒子里整理好的卡片，只需要打开盒子，它们就会出现。

被夜色笼罩的湖面有些凉。水和空气抱住我轻轻摇，就像是在摇晃一个玩具，为了让卡在里面的珠子掉落出来。

湖水的动作跟我记忆中的动作一样。一具在水里和我肚子里不停翻滚的身体，抓住我，抓住我，抓住我。

我的头离湖面更近了，一股清风拂过我的脸，我想离那些呼喊我的声音更近点，就在水面下方，那些移动的黑影，我想把它们捏在手里。

我感觉到水在皮肤下流过，黑暗中闪耀的点，有着毛边的泡泡，一道光线散开，照亮了一切。

从黑暗中涌现出来的一幕，就像被化学显影液浸泡过一样。
在我的记忆中捕捉到的那个画面。
一个光亮的画面，就像是刚刚洗出来的照片。

我姐姐穿着蓝色睡衣，她大概九岁或十岁。我父亲穿着睡衣。他们坐在木头椅子上。
我看见他们的背一动不动，头发也乱糟糟的。
鱼缸的灯光照亮了他们。
只有鱼儿在海藻里游来游去。
我听见了过滤器的轰轰声。
鱼缸里关着的都是活的生物。帆船，火花，一张一合的嘴。生长的植物，小石头里透明的蛋，爬行的蜗牛。鱼缸四周全是没有生命的物件，床、书桌、小木头椅子，以及椅子上一动不动的影子。

就像是亡灵的世界在观察这个喧闹的鱼缸里生命是如何诞生的。

我走进了那个画面，走得更近，来到了莎莫身边。

我知道我接近了事情的中心。让人觉得可怕的事实，被压在岩石下方，这些年来被埋在最深处。

我意识到她穿着的睡衣就是我这些年来梦里的那一件，我看着她，给棉质睡衣打了个特写镜头。

衣服动了。

衣服动了，就像是里面有活着的东西，一个小动物在使劲蹬。

我看见他的胳膊伸进了那件衣服里。我明白那是谁的手，放在姐姐的大腿内侧，已经僵掉的大腿。那个人看着正前方的鱼群，四周一片寂静。

莎莫转过身，眼睛瞪得大大的，她的嘴巴张开了，但说不出一句话。我退到了黑暗的走廊里。

但我看见了她。

她也看见了我。

从那以后

这么多年过去了，可以想象莎莫·瓦斯纳早就融入了这个世界，再去找她不过是一场徒劳的行为。

她做了这么多就是为了消失，为了人们再也找不到她。

她再也不是一个幽灵。

当然，这不是真的。

我知道我们的幽灵就在这里，街的对面。他们看着我们。他们在呼喊我们。他们低声念出我们的名字，一波接一波，有节奏地念着。有时候他们靠得很近，白色的手指抚过我们的脸颊。

但我们听不到他们，也看不见他们。除了晚上，白天被我们牵着的野兽出现在梦中。

其实很容易就找到了她。

"小孩子的把戏。"阿尔瓦多·阿比奇说道。

每周三，我跟警探会去车站附近的比萨店吃东西。墙面上白色的瓷砖看起来冷冰冰的，就像是一个空旷的游泳池。几乎就只有我们两个客人。

阿尔瓦多·阿比奇跟我讲述他以前的生活，当他还在做外勤的时候，他积攒了一肚子的悔恨。他讨厌他的工作，明年就要退休了，重新做回老本行——私人侦探。我点头称赞，虽然我们两个谁都不信。我跟他谈论吉尔和她的儿子——七岁的小男孩，我们跟他在一起经历了非常愉快的时光，用石膏一起做恐龙模型。我对警探说我想带他们母子俩去度假。这一次轮到阿尔瓦多·阿比奇点头称赞。

生活不过是如此吧：吃一块比萨和四块奶酪，激动地讲述自己的梦想。黄色的霓虹灯照在我们头顶，梦想在膨胀，那是我们吐出来的蒸汽泡泡。

一天晚上，阿尔瓦多·阿比奇递给我一张折起来的纸。纸在他手里看起来小小的。

我长时间盯着上面的字：莎莫·瓦斯纳，13号，阿拉贡大街，75013，巴黎。

就像是一段旋律，既古老又陌生，好像是在婴儿耳边吟唱的歌谣，又或是露营时篝火旁的低声吟唱。

我按照本来的痕迹把纸折好，放在钱包里。

我重新找到了马蒂亚斯·罗赛。我在网上搜索他的名字，他现在是一所驾校的老板，在大－萨孔内，就这么容易找到了。我当天就去看他，因为我知道如果再思考一番，我就不会再去了，或者说我迫切需要跟某个人谈话。

我在窗户前站了一会儿，犹豫了片刻，然后扔下烟头走进去。

我马上认出了他。他在柜台后面，戴着一顶无边软帽，弯下腰看着一个女孩的身份证。我认出了他齐肩的卷发。皮衣太紧了，耳朵上的钻石耳钉很亮，他看起来还是那么年轻。他实在是让我太吃惊了。

他看了我片刻，不明白怎么回事，我重复了一遍我的名字，他看起来吓了一大跳，然后握紧了我的双手，带着跟以前一样的笑容。

他从柜台里走出来，拉上皮衣拉链，看起来更加精神了。他跟两个女同事说了声"再见"，两位女士习惯性地点点头。我不知道对他说什么，想了想，只能开口说：

"你知道吗？我找到我的姐姐了，莎莫。她住在巴黎。"

他马上放下啤酒杯，用手擦了擦嘴角，然后把头凑过来。

"我知道一些事情……但我什么都没说，什么都没做。我想维护我父母的形象。我抛弃了她。我以为是她的错……其实是我的错。"

他看着我，一副我完全没有见过的表情。他看着墙壁没说话，然后跟我解释说他正在闹离婚，他的生活就是一团狗屎。我们喝光了酒杯里的酒，他看着表说："我得走了。"他在柜台上放了一张十块的瑞士法郎纸币，然后就骑着摩托离开了。

我们从那以后再也没见过，但我很高兴他在某个地方还活着。

我花了六个月给莎莫写信。

我想讲很多事情，信一直写不完。终于，某天晚上，我不假思索随便写了几句话，一些我不会再重复的话，然后出门了。我走得特别快，来到邮筒前，然后把信封插进去。顿时，我仿佛松了一口气，沉重的盔甲终于卸下来了。

莎莫差不多一个星期后就回复了我。她应该一直在等这个，这么多年过去了，这个想法让我的心都碎了。

她给我寄来一张照片。

她站在最中间，和母亲几乎一模一样，但更加活泼，穿着带帽的运动衫，扎了个马尾。她旁边的男子看起来非常眼熟，有点秃顶，一只手放在她的肩膀上，还有一个金发小美女牵着她的手。我很吃惊地认出了她身旁的人就是弗兰克。这画面仿佛已经印在我内心深处。

我曾经啥都不知道，我现在明白了这一点。我以为自己知道，但其实我不知道。

我想到了弗兰克，在野餐的那一天，我想象他坐在车子里，就在森林的另一边，后排座位上有个旅行箱，他双手在方向盘上紧张地敲打着。这个稚嫩的少年想拯救他的爱人，唯一理解她的人，也许还是他想出了出逃这个主意，当她开始跟身边的男生纠缠时，传递出绝无仅有的绝望的信号。

我从钱包里拿出这张照片，用手指抚过他们的脸颊。

她写道："你可以原谅我吗？"她的字体非常优雅且饱满，还是那个小女孩的字体没错，但又是如此痛苦，让人哭笑不得，这些话我们本来都可以说出口。

我在想她应该也是一直在重温野餐的那一天，我们都在做这件事情，想象一句话、一个姿势、一个简单的动作，就可以拯救这一切。

我从巴黎的里昂车站走出来。已经过去了二十四年九个月零八天。

天色已晚，我的皮肤感觉到一丝凉意，走进深夜，就像是走进了一面镜子。我沿着河堤走着，一群行人拖着行李箱，朝着一个方向走去，头顶还有几只吵闹的鸽子。我在想，莎莫是不是有意来到母亲的城市，在那里重新开始，寻找她缺少的部分。我想到了母亲，突然想给她打电话，我想到了她在留言机上的留言，声音出人意料地温柔，我听到了以前没听过的话。我不知道她是否知道那晚在鱼缸前发生的事情。有时候，我在想，母亲肯定是知道的，但我也清楚我们有一部分的自己永远留在了湖底，就像是另一个时空里沉在海底的军舰，里面都是金子和骨头，如果我们用手去触碰，一切都会灰飞烟灭。

我走着，把旅行包扛在肩上。人群走得很快，就像是被一股水流推着往前走。但我走得很慢，我的心还在冬眠。

我看见人们站在车站的圆顶下，一个戴着耳机的女孩把头缩在衣领里，一位母亲拉着一个宝宝，后者试图逃离她，一个穿着迷你裙的女人在抽烟，还用一只手把刘海掀到了脑后。我屏住呼吸，但那不是她，只是一张陌生人的脸，那人一脸狐疑地看着我。似乎全世界的女性都在思考是否可以原谅我。她们似乎都张开了她们的怀抱。

我的心怦怦直跳，快跳到嗓子眼了。我心头涌起一阵害怕，从我上车开始，一个想法就一直笼罩着我——她会紧闭双眼，摇着头，然后消失在虚无中。

然后，我看见了她。她站在暖气片下面，在黑暗里发着红光，就像是一团火或者是一道伤口。她的手放在夹克衫里，扎了个马尾，没有化妆，还是那么青春洋溢。

她在车站的圆顶下看起来小小的，就像是站在玻璃和金属做成的巨大的钟摆下。

她看着路边，眼神飘忽。

　　我的心揪成一团，整个身体在跟一股力量对抗。是磁场，还是一股强风？

　　我向她靠近，好像从梦里醒来，但太迟了，一瞬间，她转过身看到了我。

　　我越走越近，她双手举起来，我靠得很近，仿佛可以抓住她。她的眼睛在发光，嘴巴张大了，嘴角的笑容看起来如此虚弱。

　　"本杰明，哦，本杰明。"

　　我听见了我的名字，我听见了她清晰的声音，仿佛有一段旋律从湖底传上来一样。

SUMMER by Monica Sabolo
© 2017 by Editions Jean–Claude Lattès.
Simplified Chinese edition arranged through Dakai Agency Limited

著作权合同登记号：图字 18-2020-102

图书在版编目（CIP）数据

未完成的夏天 /（法）莫妮卡·萨波洛
（Monica Sabolo）著；陈潇译 . -- 长沙：湖南文艺出版社，2020.12
书名原文：Summer
ISBN 978-7-5404-9771-2

Ⅰ . ①未… Ⅱ . ①莫… ②陈… Ⅲ . ①长篇小说—法国—现代 Ⅳ . ① I565.45

中国版本图书馆 CIP 数据核字（2020）第 147630 号

上架建议：畅销·外国文学

WEI WANCHENG DE XIATIAN
未完成的夏天

作　　者：[法]莫妮卡·萨波洛（Monica Sabolo）
译　　者：陈　潇
出 版 人：曾赛丰
责任编辑：刘雪琳
监　　制：邢越超
策划编辑：蔡文婷
特约编辑：万江寒
版权支持：辛　艳
营销支持：文刀刀　周　茜
版式设计：李　洁
封面设计：程　语
内文排版：百朗文化
出　　版：湖南文艺出版社
　　　　　（长沙市雨花区东二环一段 508 号　邮编：410014）
网　　址：www.hnwy.net
印　　刷：旺源文化发展（天津）有限公司
经　　销：新华书店
开　　本：875mm×1270mm　1/32
字　　数：122 千字
印　　张：6
版　　次：2020 年 12 月第 1 版
印　　次：2020 年 12 月第 1 次印刷
书　　号：ISBN 978-7-5404-9771-2
定　　价：45.00 元

若有质量问题，请致电质量监督电话：010-59096394
团购电话：010-59320018